Dragon Quest
The Adventure of DAI
Each Way

DRAGON QUEST
ダイの大冒険
それぞれの道

DRAGON QUEST
ダイの大冒険
それぞれの道

Dragon Quest
The Adventure of Dai
Each Way

原作：三条陸　漫画：稲田浩司
小説：山本カズヨシ

JUMP j BOOKS

レオナ【王女《おうじょ》】14歳《さい》
パプニカ王国《おうこく》の若《わか》き王女《おうじょ》。
優《すぐ》れた統率力《とうそつりょく》で
わずか2週間《しゅうかん》で
サミット開催《かいさい》を実現《じつげん》させる。
ヒュンケル
【戦士《せんし》】21歳《さい》
元《もと》魔王軍《まおうぐん》・不死騎団長《ふしきだんちょう》で
アバンの最初《さいしょ》の弟子《でし》。
超一流《ちょういちりゅう》の剣士《けんし》で、
改心後《かいしんご》は心強《こころづよ》い味方《みかた》に。
ポップ【魔法使《まほうつか》い】15歳《さい》
ダイの兄弟子《あにでし》。
パーティーの中《なか》で一番臆病《いちばんおくびょう》だったが、
師《し》や仲間《なかま》との出会《であ》いによって
急成長《きゅうせいちょう》を遂《と》げる。
マァム
【武闘家《ぶとうか》】16歳《さい》
慈愛《じあい》に満《み》ちた
アバンの使徒《しと》。
自《みずか》らの特性《とくせい》を生《い》かした
武闘家《ぶとうか》になるため、
単身修業《たんしんしゅぎょう》の旅《たび》へ。
ダイ【勇者《ゆうしゃ》】12歳《さい》
モンスター島《とう》で元気《げんき》に育《そだ》てられた少年《しょうねん》。
ピンチになると額《ひたい》に竜《ドラゴン》の紋章《もんしょう》が
浮《う》かび上《あ》がる。魔法《まほう》が少《すこ》し苦手《にがて》。

クロコダイン【武人《ぶじん》】

元百獣《もとひゃくじゅう》魔《ま》団長《だんちょう》の
リザードマン。

ゴメちゃん
【ゴールデンメタルスライム】

ダイのはじめての
友達《ともだち》。

アバン【家庭教師《かていきょうし》】31歳《さい》

伝説《でんせつ》の大勇者《だいゆうしゃ》。
ダイたちの師匠《ししょう》。

ブロキーナ【拳聖《けんせい》】

マァムの武術《ぶじゅつ》の師匠《ししょう》。

チウ【武闘家《ぶとうか》】

マァムの兄弟弟子《きょうだいでし》の
おおねずみ。

マトリフ【大魔道士《だいまどうし》】98歳《さい》

ポップのもう1人《り》の
師匠《ししょう》。

マリン【賢者《けんじゃ》】20歳《さい》

エイミの姉《あね》で
三賢者《さんけんじゃ》の1人《り》。

アポロ【賢者《けんじゃ》】20歳《さい》

パプニカ三賢者《さんけんじゃ》の
リーダー。

バダック
【兵士《へいし》】58歳《さい》

レオナに仕《つか》える
発明王《はつめいおう》(?)。

エイミ【賢者《けんじゃ》】18歳《さい》

ヒュンケルに好意《こうい》を
抱《いだ》く三賢者《さんけんじゃ》。

あらすじ

南海《なんかい》の孤島《ことう》・デルムリン島《とう》で育《そだ》った少年《しょうねん》ダイ。モンスターたちと平和《へいわ》に暮《く》らす彼《かれ》は、勇者《ゆうしゃ》になることを夢見《ゆめみ》ていた。そんなダイの前《まえ》に「勇者《ゆうしゃ》の家庭教師《かていきょうし》」と名乗《なの》る男《おとこ》が現《あらわ》れる。彼《かれ》の正体《しょうたい》は、かつて魔王《まおう》を倒《たお》した「伝説《でんせつ》の勇者《ゆうしゃ》」アバンだった!? ダイ、ポップ、マァム、ヒュンケル、レオナ…「アバンの使徒《しと》」と呼《よ》ばれる5人《にん》の知《し》られざる物語《ものがたり》（サブクエスト）が、ついに解禁《かいきん》!!

DRAGON QUEST
The Adventure of Dai

DRAGON QUEST ダイの大冒険

それぞれの道《みち》

CONTENTS《コンテンツ》

第1章　ダイの弟子

【パプニカ解放後の秘話】

パプニカ王国に侵攻していた魔王軍六団長の一人・氷炎将軍フレイザード率いる氷炎魔《ひょうえんま》団《だん》は、ダイたちアバンの使徒とその仲間たちの前に倒れた。

パプニカ王家はすぐさま、勝利と王都の奪還を宣言。城下町にはかつて住んでいた人々が戻り、彼ら彼女らの手によって、壊された建物や道などの修理が始まった。街は少しずつ元の活気ある風景を取り戻しつつある。パプニカの復興が始まったのだ。

そして、その立役者であるダイは今、パプニカの城下町からほど近い海岸で、じっと目を閉じ、深い瞑想の世界に入っていた。

「…………」

寝ているのかと思えるほど穏やかな表情をしているが、その頭は地面に付き、組んだ足は逆立ち状態で天に向かっている。両手は使わず首の力だけで身体《からだ》を支え、倒れないようにバランスを保っている。

曲芸の練習ではない。この奇妙な瞑想は、バランス感覚を養いつつ、魔法力を強化するための基礎訓練だった。大魔道士マトリフの教えだ。

「うおおおおっ！」

その近くでは、もう一人の少年が自《みずか》らの魔法力を高めていた。

ダイより背が高く、いくぶん大人《おとな》びて見える彼は、ダイの仲間である魔法使いのポップだ。高まった魔法力が、彼の周囲を覆《おお》うように出現している。ポップはそれを突き出した片手に集中させ、

「ベギラマッ！」

術者の手ごと融《と》けてしまいそうな熱線が海の彼方《かなた》に飛んでいく。周囲の海水がそれから逃げるように外側へ巻き上がった。

「見たかよ、ダイ。今のベギラマの威力！　おれの魔法力もちょっとはアップしたんじゃねえの？」

「うん。すごく強くなってるよ。すごいや、ポップ」

「へへっ、だろ？」

マトリフによる厳しい指導のお陰《かげ》か、ポップの魔法力は少しずつではあるものの確実に向上していた。

対してダイの魔法力はあまり変化がなく、こうして基礎訓練を続ける日々である。

自分もポップと同じような修業をして、すごい呪文を使えるようになりたいとマトリフ

に頼んだこともあったが、おまえがポップと同じ呪文ができる必要はないとはぐらかされてしまった。

得意でないことは、得意な人間に任せればいいという意味だということは、ダイも理解はしている。しかし、いかに呪文のスペシャリストに成長しようと、ポップはポップただ一人だ。おれも強力な呪文が使えたほうが、パーティー全体としてもプラスになるに違いない。そんな思いを抱《いだ》きながら、ダイは修業に取り組んでいた。成果が出れば、いずれはもっとすごい修業をさせてもらえるかもしれない。それまでは、地味で退屈なこの修業に耐えなければ……。

「……っ!?」

考えていたのもつかの間、ダイは瞑想をやめて立ち上がった。

「どうしたんだよ、ダイ?」

「今……気配を感じた……!」

「気配だって?　まっ、まさか魔王軍か?」

ポップとゴメちゃんが少し怯《おび》えた表情でダイを見る。

ダイは唇《くちびる》を締めつつ、頭を左右に振った。

「いや……。そんなに邪悪な感じはしなかった、けど……」

「けど、何だよ?」

「なんだか、すごく……熱い感じだ」

「はぁ?」

ポップがきょとんとした次の瞬間、遠くの茂みが揺れ、中から人影が飛び出してきた。

「ひっ、出たっ！　魔物だっ！」

「待って、ポップ！」

身構えたポップを、ダイが腕で制する。

こちらに向かって駆けてきたのは……人間。それも、まだ幼い少年だった。

「あっ、あのっ……」

少年はダイたちの目の前で立ち止まった。背格好は、ダイよりも小さい。年齢も幼いのかもしれない。走ってきたからか息も絶え絶えで、顔がほんのり上気している。

「ゆっ……勇者、ダイさんですよね?」

呼吸を整えながら、少年は言った。

「そうだけど……」

ダイが応《こた》えると、少年はパッと顔を輝かせ、

「やっぱり！」

そう叫ぶと同時に頭を直角に下げ、顔だけを前に向け、ダイの目をじっと見据《みす》えた。

「お願いします！　ぼくをっ……ぼくを弟子《でし》にしてくださいっ！」

「えっ……？」

少年の言葉の意味が、ダイにはよく理解できなかった。

「ぼくを弟子に？　って、それをなんでおれに？　……先生はどこ？」

「いえあのっ、ですからっ……！」

「ダイ。こいつが弟子になりたいのは、おまえみたいだぞ」

「えっ!?」

「はいっ！」

ポップの解説に、少年は元気よく頷《うなず》いた。

「よろしくお願いします！　ダイ先生！」

「ええええええっ!?」

目の前の少年が繰り出してきた予想外の提案に、ダイはその場でひっくり返りそうなくらいのけぞった。

＊　＊　＊

「……そこでダイ先生が放った会心《かいしん》の一撃が、フレイザードを倒したんですよね！　すっごくかっこいいです〜！」

「えっと、トラン……だっけ。まるで見てたみたいに言うんだな」

呆《あき》れ気味のポップに、少年――トランは顔を近づけ、鼻息も荒く続けた。

「もちろん見てはないです！　でも、街中その話題でもちきりなんですよっ!!　吟遊《ぎんゆう》詩人は歌にしているし、紙芝居や絵本なんかも出てて……」

「う、ウソだろ……」

トランは先ほどから、ダイがいかにすごい勇者なのか、いかに無敵の強さなのかを延々と語り続けていた。当のダイの目の前で……。ダイは恥ずかしそうに頭をかきながら、その場にうつむくことしかできていない。

「ぼく、本当に感動したんですよ！　ぼくとそんなに歳《とし》の変わらないダイ先生が、魔王軍の六団長をやっつけちゃうんですよ！　しかも、ほんの七日間の修業で！　信じられますかっ!?」

「まあ実際は、三日くらいしか修業できなかったんだけどな」

「そうだったんですかっ!?　だったらなおさらすごすぎますよ！　で、ぼくもなりたいな、なれるかなって思ったんです」

「おまえなあ……勇者だぞ？　そのへんのおっさんになるのとはわけが違うんだぞ？」

「でも、ダイ先生は三日でなれたんですよね。だったらぼくだって、七日くらいあればなれますよね？」

「いや、それは……どうかな～、なあダイ」

「えっ!?」

トランの勢いに気圧《けお》されたポップが、たまらずダイに水を向けてきた。

「どうかなあ……どうしても勇者じゃないとダメなの？」

「はいっ！　勇者が良いです！」

「魔法使いってのもアリなんじゃないか？」

「ぼくはダイ先生みたいに強くなりたいんです。魔法使いじゃちょっと……」

「おまえ、まさかおれが誰か知らねえんじゃねえだろうな」

「知ってますよ～、魔法使いのポップさんでしょ？　逃げずに最後まで戦って偉いって、みんな言ってます！」

「なんで子どもみたいな扱いなんだよ！」

「とにかくぼく、ダイ先生に憧れて、ダイ先生みたいに強くなりたいって思ったんです。だからお願いします！　ぼくに剣を教えてくださいっ！」

トランは改めてダイに向き直り、頭を下げた。

「う〜〜ん……」

ダイは腕を組んだまま唸《うな》った。

「君がおれの弟子になるってことは、おれは君の先生ってことだよね？」

「何度もそう呼ばれてるだろ」

「そうなんだけどさ、ポップ。でも、やっぱりしっくり来ないんだよ。だって先生って、もっと強くて立派な活躍をした人がなるものなんじゃない？」

「先生はフレイザードを倒したんですよね？　もう充分名乗っていいと思います！」

「いやっ……気持ちはすっごく嬉《うれ》しいんだけどさ……、おれ、人にものを教えるなんて、まだ全然考えたことないんだよ。教えられるとも思えないし」

ダイの答えに、ポップも大きく頷く。

「それによ、おれたち魔王軍と戦ってる最中なんだぜ。仮に引き受けたとしたって、ずっとおまえの先生をやれるわけじゃない」

「そっ、それでも、お願いしますっ！」

トランはダイにしがみついてきた。見上げる表情は、ほとんど哀願に近い。

「七日間だけで良いんです！　とにかく、ぼくは強くなりたいっ！　ほんの少しでいいから、ダイ先生みたいな本物の勇者様の技を身につけたいんです！　稽古《けいこ》をつけてください！　お願いしますっ！」

必死にすがりついてくるトランの、その真剣な表情。

見ているうちに、ダイは胸の奥がざわついてくるのを感じた。

（なんだか、懐かしいな……。おれも、こういう顔してたんだろうな……）

今では遠い昔のように感じられる、デルムリン島での出来事だった。「勇者の家庭教師」を自称するアバンに修業をさせてほしいと頼んだ、そのときの気持ち。

（おれもこの子と同じように、アバン先生にお願いしたっけ……。修業は途中で終わっちゃったけど、あのとき先生の特訓を受けなければ、おれはここにはいなかった……。あのとき、おれは必死だった。この子もそうなのかもしれないな）

ダイはトランを引き離し、両の肩に手を置いた。

そして、その目をじっと見据える。

「わかった……。本当に少ししか教えられないと思うけど、それでもいい？」

「ありがとうございますっ！」

トランは深々と頭を下げた。

「なるほどな。ま、いいんじゃねえの？」

鼻をほじりながらダイの話に耳を傾けていたマトリフは、あっさりと頷いた。

トランの頼みに勢いでうんと言ってしまったものの、そのままではマトリフに言われた魔法力の基礎の修業ができない。そのことに気づいたダイとポップは、このバルジの島付近にある、マトリフが住んでいる洞穴《ほらあな》に相談にやって来たのだった。

「あんなものは遊びみたいなもんだ。呪文を教えろとうるさいおまえを黙らせるためのな」

「あれって遊びだったの？　そんなぁ……」

ショックを受けるダイに対しても、マトリフはいたって涼しい顔だった。良心の呵責《かしやく》など、砂の一粒ほども感じられない。

「人にものを教えるってのは、存外頭を使うもんなんだ。自分の技を見つめ直すきっかけになるし、修業にもなる。あんなものよか、よっぽど役に立つぜ」

「そっか……。それじゃやってみるよ、マトリフさん」

「ああ。頑張ってみな」

ダイは早速考えはじめた。まずはなにを、どう教えようか。

トランはかなりの覚悟で臨《のぞ》んできてくれるはずだ。こちらも応えなければいけない。

修業の結果、おれに匹敵するほど、いやおれ以上に強くなって、仲間に加わってくれたら最高だ。

「おれも、メラくらいなら教えられんだけどな」

「おまえは一〇〇年早いんだよ」

「いてっ！」

マトリフに杖で殴《なぐ》られ、ポップは頭を押さえる。

「なんだよ、この扱いの違いは！」

「おまえは魔法力を上げることにだけ集中してりゃいいんだ。そんなに余裕があるなら、今日から修業メニュー倍な」

「げえっ!?　勘弁してくれよ……」

泣きそうなポップを尻目に、ダイはずっと考えていた。なにしろ教えられるのは七日なのだ。その間にできるだけレベルアップさせるには、やはり少しはハードな修業をしたほうが良い。あの子にこなせるかという心配はあるが……、やっぱりアバン先生がやってくれた『あれ』をやってみるしかない。でも、あまりにハードすぎてやる気をなくしてしまったら……。でも、日数は限られてるし……。

ダイは、そんなことを夜明け近くまで考えていた。


翌朝。ダイたちが修業をしている海岸に、トランがやって来た。

動きやすい布の服を身にまとい、腰には薬草の袋。手には木刀を下げている。準備は万端といったところだった。

「お願いしますっ！」

「うん！」

「まずはどんな修業をするんですか、ダイ先生！」

トランはダイを見つめた。相変わらず、やる気まんまんの顔。不安や緊張などは感じられない。これなら、多少厳しい修業でも耐えてくれそうだった。よし、やっぱり『あれ』しかない。

「トラン。君にはこれから、『スペシャルハードコース』をやってもらおうと思ってるんだ」

「スペシャル……それは、厳しい修業なんでしょうか？」

「うん。はっきり言ってすっごく厳しいよ。でも、大丈夫。おれにも耐えられたんだから、君だってきっと耐えられるよ」

「はいっ！　わかりました。やります！　いえ、やらせてください！」

「うん。じゃあ、ちょっと待っててね」

ダイは一度その場から離れ、適当な岩を持ち上げてトランの前に持っていき、足元に置いた。

ズシっ！　鈍《にぶ》い音と共に砂が舞い上がる。普通の人間から見れば、とんでもない重さだった。

「これを木刀で割ってみてよ」

「えっ……」

トランは目をまんまるく広げ、口をパクパクさせている。

（驚いてる……そうだよね、おれもおんなじだった）

ダイはなんだか嬉しい気持ちになった。人にものを教えるというのは、こういうことなのか。

「大丈夫。おれも最初はびっくりしたけど、一日修業して、ちゃんと割れるようになったんだよ」

「一日で、ですか……」

「うん！　早速始めよう。ほら、木刀を持って！」

「はっ、はいっ！」

ダイは自らも木刀を持ち、トラン相手に打ち込み稽古を始めた。

とりあえず一日中続ければ、余分な力が抜けて、トランが元々持っている力が発揮されるに違いない……。と思っての修業だったが……。

「うぐっ……！」

トランは一時間もしないうちに、地面にばったりと倒れてしまった。

「これ以上は無理かな……」

「いえっ……ぜーはー……お願い……します……」

言葉にはまだ威勢があったが、身体は地面に吸い付いたように離れない。どう見ても、これ以上続けるのは無理そうだった。

どうやらスタミナが必要な修業はうまくいかないのかもしれない。少し休憩を挟んで、別の修業をしたほうが良さそうだ。

「じゃあ、闘気の使い方を教えるよ！」

「トウキ……？　お皿かなにかですか？」

「違うよ。身体の中を流れているエネルギーのことさ。今、おれが構えてる木刀をよく見てて。行くよ……はぁぁぁっ!!」

ダイが闘気を込めると、木刀がまばゆい光を放ちはじめた。

「こっ、これは……」

「アバンストラ――ッシュ!!」

木刀を先ほど持ってきた大岩めがけて振り下ろした。

ものすごい轟音《ごうおん》と土煙が巻き上がる。

それが晴れると、大岩は跡形もなく粉々に崩れ去っていた。

「…………」

トランは、口をあんぐりと開けながら、先ほどまで大岩があったあたりを見つめていた。

(驚いてる……。そうだよね、おれもおんなじだった)

ダイは心の中で頷いた。初めて闘気の技を見たのだろう。こうなるのが当然だ。

「大丈夫だよ、トラン。おれにできたんだから、君にだって絶対にできるようになるよ」

「はっ、はい先生!」

「じゃ、教えるから。木刀を構えて」

ダイはトランに木刀を握らせ、傍《かたわ》らに立って自分も木刀を握った。

「いい？　剣を握った手に力を込めるみたいなイメージで、熱いものがギューンって感じで溜《た》まったら、バッて放つんだ」

「ギューンで、バッ、ですか……？」

「そう！　ギューンで、バッだよ。やってみて！」

「はっ、はい！」

ダイの指示に、元気よく応え、木刀を構えるトラン。

「どう？　闘気がグーッと溜まってきたでしょ？」

「えっと……溜まってきた気がします！」

「そしたら、一気に放って！　今だよ！」

「えいっ!!」

トランは木刀を渾身《こんしん》の力を込めて振り下ろす。

しかし、案《あん》の定《じょう》と言うべきか、闘気は欠片《かけら》も現れず。木刀は虚《むな》しく空《くう》を切った。

「おっかしいなぁ……」

ダイは首をひねるばかりだ。

闘気を扱う修業もうまくいかないのであれば、また別の修業をするしかない。

「じゃあ、次はこれをやろう！」

ダイはトランに目隠しをさせて砂浜に立たせ、木刀を握らせた。

「いい？　波が来るから、その木刀で斬るんだ」

「できるんですか、そんなこと？」

「できるよ！　おれにできたんだもん」

トランは果敢《かかん》に木刀を振るも、波は容赦なくすべてを包み込み、トランはずぶ濡《ぬ》れになってその場に倒れた。

スピードを鍛える修業も無理なようだ。

「どうしよう。やれることがない……」

「まだ、やれます……」

まだ元気のいいことを言っているトランだったが、明らかにヘトヘトで、目が死んでいる。もう勘弁してほしいと訴えているように見えた。

今日はもう限界だろう。ダイは察した。

「よし、今日はここまでにしようか」

「ありがとう、ございました……」

トランは木刀を杖にヨロヨロと立ち上がり、ヨタヨタと荷物を整えると、フラフラと歩きだした。

「大丈夫？　送ろうか？」

「いえ……それには及びません。明日も……よろしくお願いします」

すっかり夜も更《ふ》けた海岸を、ゆっくり帰っていく。

「ちょっとキツすぎたかな……」

ダイは少し後悔しはじめた。初めにハードだとは伝えてあったが、ここまでだとは想像していなかったのではないか。指示に対して一つも嫌な顔をしないので、すっかり安心していたが、本当は自分からお願いした手前、嫌だと言えなかっただけかもしれない。

「このままやめちゃうかもな……」

不安な気持ちを抱きつつ、ダイとゴメちゃんは少しずつ小さくなっていくトランの背中をずっと見送っていた。


「おはようございます、ダイ先生！　今日もよろしくお願いします！」

次の朝も、トランは元気よく砂浜にやってきた。

「よく来てくれたね、トラン。もうやめちゃうんじゃないかって、ちょっと心配したんだ」

「なに言ってるんですか！　あれくらいのことでやめるなら、最初からお願いしてませんよ！　さあ、今日はなにをしましょう、ダイ先生！」

「ええっと、そうだなあ……」

ダイはウキウキと練習メニューを考えはじめた。


ダイとトランの修業は、その後も続いた。

トランは文句ひとつ言わず、真面目《まじめ》に取り組んでくれる。

素振りでは脇目も振らずに木刀を振り続け、打ち込み稽古では、力余って何度も砂浜に倒してしまったが、トランはそのたびに立ち上がり、向かってきた。

ダイの言うこと一つ一つに耳を傾け、時には質問し、また剣を取って稽古に明け暮れた。

――しかし、肝心の実力のほうは、ほとんど上がらなかった。

「本当に申し訳ありません、ダイ先生。ぼくの覚えが悪いばっかりに、先生にご苦労をおかけしてしまって！」

謝りながらも、トランはダイにすがりつき、その目をじっと見つめてくる。

「でも、どうか見捨てないでください！　お願いします！」

まるでこの世で信じられるのはダイしかいないとでも言うような頼りぶりだ。

そんなトランの気持ちに応えてあげたい。みんなが驚くほどレベルアップさせてあげたい。そのためには、どういう修業をさせるべきだろうか……。アバン先生に教えてもらったことをそのまま伝えたつもりだったが、どうもなにかが違うらしい。それがなんなのか、ダイにはまったく見当がつかなかった。このままでは、真剣なトランに申し訳ない。どうしよう……。

焦りは、加速していった。

「マトリフさんの言った通りだ。人にものを教えるって、難しいんだね」

その日の夜。泊まっている宿屋のベッドに寝転び、ダイは天井を仰《あお》いだ。

「だいぶ手こずってるみたいだな」

隣のベッドのポップが苦笑する。

「そりゃ、おまえの教え方が下手《へた》なんじゃなくて、あのトランって奴《やつ》ができないんだよ」

「そうかなあ。だって、おれにできたんだよ？」

「おまえなぁ……」

呆れたようにため息をつく。ダイは不満げに頬《ほお》を膨《ふく》らませた。

「なんだよぉ。おれ、変なこと言ってるか？」

「自分基準でものを考えるなよ。おまえみたいになれる奴がゴロゴロいたら、とっくに魔王軍に勝ってらあ」

ポップはダイの寝ているベッドに腰を下ろした。

「現におれがそうさ。アバン先生の弟子になって一年も経ってたのに、魔法力はともかく、剣や格闘なんかはあっという間におまえに抜かされちまっただろ？」

「そっ、それは、そうだけど……」

「大抵の人間がおれと同じさ。できなくて当たり前なんだよ。短期間ならなおさらさ。だからさ、結果のことなんか気にしないで、ともかく最後まで付き合ってやれよ。あと数日なんだからさ。あいつだって、それで満足するだろ」

「う、う〜〜ん……」

ダイは、すぐに答えを出せなかった。


「今日もよろしくお願いしますっ！　ダイ先生！」

トランは次の日もきちんと時間通りに来て、ダイに頭を下げる。

昨夜ポップが言っていたことが脳裏をよぎった。結果を気にせず、とにかく最後まで修業をさせればいいという考えは、確かに正しいのかもしれないが、そんな気持ちで教えては、トランに失礼じゃないだろうか。

しかし、だからと言って、彼を強くできるとも思えない。

「どうしたんですか？」

トランの声が飛んできて、ダイは我に返った。

「修業中ですよ！　ぼーっとしないで、本気で来てください！」

「あっ、うん！　わかったよ、トラン」

やっぱりトランはどこまでも本気だった。

「ごめん。本気で行くよ」

「お願いします！」

ダイは当初のように厳しくトランを指導した。

何度も倒されるトラン。だが、倒れても倒れても「まだまだ！」「このくらいで！」と立ち上がってくる。

それを容赦なくぶっ飛ばせばぶっ飛ばすほど、ダイの気持ちは、だんだんと重くなっていく。

「もう、やめよう」

トランが体力の限界を迎えて砂浜に寝そべったとき、ついに思いが口から出はじめた。

「ずっと考えてたんだけど……おれは君を強くできないと思う」

「えっ……」

「おれにとってのアバン先生は、ただ一人の先生だったんだ。アバン先生のお陰で、おれは強くなれた。たぶん、先生じゃなきゃダメだった。でも、トランにとってのおれは、そんな存在になれるのかな……？　もっと教えるのがうまい、トランにとってのアバン先生が別にいると思うんだ」

トランはきょとんとした表情のまま固まってしまった。なにを言われたのか、まだ理解できていないようだった。

「おれは先生に向いてないいんだ。もっと教えるのがうまい、別の先生を見つけたほうがいいと思う」

「そんな……」

トランの表情が悲しみに歪《ゆが》む。

ダイはそれを真正面から受け止めた。このままでは彼のためにも良くない。そう考えての決意だった。

「それじゃ困るんですよっ！」

トランが声を荒らげてダイに詰め寄る。

「どうしても七日で勇者にならないと困るんだ！　修業をもっと厳しくしてくれて構わな

いですから！」

「どんなに厳しくしても、おれが教えたんじゃ無駄になっちゃうよ」

「それでもいいです！　とにかく続けてください！」

食い下がってくるトランの表情は、必死そのものだった。どうしてそこまで強くなることにこだわるのか。なにが駆り立てるのか。ふと、そんな疑問が脳裏に浮かぶ。

「強くなりたい気持ちはわかるよ。でも、だからこそ別の先生を探したほうが……」

「そんな時間はないって言ってるじゃないですかっ！」

「時間？」

ダイが訊《き》き返した瞬間、ほとんど怒りに満ちていたトランの表情が、さっと青ざめた。

「どういうこと？　時間がないってことは、強くならなきゃいけない期限があるってこと？　なんで？」

「いっ、いえっ！　それはっ……」

さっきまでの勢いは失《う》せ、完全にしどろもどろになっている。どうやら口を滑らせてしまったらしい。

時間がないという件は、トラン自身の中で言わないようにしていたことだったのだろうか。なぜ？　なんのために？

「なっ！　なんでもないです、ホントにっ!!」

声を裏返らせながら、トランは大慌《おおあわ》てで荷物をまとめはじめ、

「きっ、今日はもう疲れたので、明日またお願いします！」

一度も振り返らず、そそくさと帰っていってしまった。


「時間がない、か……」

ベッドに仰向けに寝転がりながら、ポップがつぶやく。

「そりゃ、確かにヘンだな」

「だろ？　ずっと考えてるんだけど、答えが出ないんだ」

その日の夜。ダイは宿屋で今日あった出来事をポップに話していた。

ポップは仰向けになったまま、腕を組んで考えている。

「とにかく、これでトランの目的がハッキリしたってわけだ。どうして、どう考えてもこなせるわけがねえダイの修業についていこうとしたのか。どんなにひどい目に遭《あ》っても、やる気満々だったのか……。どんなことをしてでも強くならなきゃいけない理由があったからだ。恐らく七日以内に」

「そんなことってあるのかな？」

「さあな……パッと思いつくのは、誰かと戦わなきゃいけないとか」

「なんで？」

「なんでだろうな。女を巡ってケンカするような歳でもねえし。あとは……」

ポップは少し深刻そうに、片手を顎先《あごさき》に当てる。

「余命幾ばくもないってパターン――かな」

「ええっ!?」

「不治の病気にかかって、あと少ししか生きられねえ、とかさ。でも、その少しの間に、憧れてた勇者みたいに強くなりたい。強くなった姿を親に見せたい、とか」

「そんなことあるのか？　普通に元気だったけど……」

「極端な話かもしれないけどさ、それくらいの理由がなきゃ、時間制限つきで強くなりたいなんて理由にならないだろ」

「もしポップの言うことが本当だとしたら、修業なんてしてる場合じゃないよ」

「だな。とにかく見舞いの一つでも行ってやろうぜ。どこに住んでるんだ？」

「えっ……？」

思いがけない質問に、ダイはハッとする。

「トランが住んでるとこだよ。パプニカの城下町なのか？」

「わかんない……」

「あん？　まさか訊いてねえのかよ」

「ずっと修業してたから、他のことは全然話してないんだ」

「そりゃよくねえな。明日来たときに聞いてみろよ」

「うん……」

あれだけ一緒に修業して汗を流したのに、トランのことをなにも知らなかった。その事実に気づかされ、ダイは少し背筋《せすじ》が寒くなるのを感じた。


翌日。トランはいつもの砂浜に来なかった。

「ああ、やっぱりか。なんとなくそんな気はしてたぜ」

気になるからと言ってついてきてくれたポップが、肩をすくめる。

「タイミング的に見て、昨日の一件が原因ってことで間違いねえだろうな」

「だったら探すよ！　あれだけ毎日来てたんだ。きっと近くに住んでるはずだよ」

「仕方ねえな。おれも手伝ってやるよ」

「ほんと？　ありがとう、ポップ！」

ダイとポップは、パプニカ城下に建ち並ぶ家を一軒一軒訪ねて回ることにした。

広い城下町をしらみつぶしに探すことになる。時間はかかるが、住所がわからない以上、これが最も確実だった。もっとも、町の外から来ていた場合は、探しようがないが……。ともかくも一刻も早く居所を摑《つか》んで、事情を訊かなければ。ダイは懸命に家々を回った。

「見つからねえな。さすがパプニカの城下町ってとこか。いったん姿を隠しちまうと、影も形もねえ」

ポップが額《ひたい》に浮き出た汗を拭《ぬぐ》う。

「でも、調べる家は確実に減ってるよ。この調子でもうちょっと手伝ってくれないか」

「ああ。こうなりゃ最後まで付き合ってやるさ」

「あら、ダイ君にポップ君じゃない」

聞き覚えのある声がして振り返ると、見覚えのある女性が手を振っていた。

「エイミさん！」

ポップが一気に明るい声になって、手揉《ても》みしつつ近づいていく。

「こんなところでなにしてるんスか？　それはともかく、今日もお美しい！」

「あ、ありがとう……。街の復興具合を調査しているのよ。君たちこそ、ここでなにを？」

「ある男の子の家を探してるんだ。たぶんパプニカに住んでると思うんだけど」

「へえ……。よくわからないけど、その男の子の名前がわかるなら、パプニカの文書館に行くといいわよ」

「ぶんしょ、かん……？」

明らかにちんぷんかんぷんなダイに、エイミは苦笑する。

「パプニカ王家を介して交わされた文書が収められている建物よ。そこに行けば、街の戸籍があるはずよ」

「戸籍っていやあ、街のどこに誰が住んでいるか書いてある帳簿のことっスね」

「そうよ、ポップ君。探してる子がこのパプニカの住人なら、調べればわかると思うけど」

「なんだかわかんないけど、その文書館ってとこに行けば良いんだね！　ありがとう、エイミさん！」

「おい、待てよダイ！」

ダイは猛スピードで駆けていったが、すぐに猛スピードで戻ってきた。

「ごめん。文書館ってどこにあるの？」

「案内してあげるから、一緒に行きましょう」

エイミはまたも苦笑しつつ、街を歩きだした。

それからしばらく後。ダイとポップは、文書館で調べた場所にある家の前に立っていた。

「ここが、トランが住んでるかもっていう家……？」

普通の家ではない。二階建ての一階は店舗になっており、旅装束《たびしょうぞく》をまとった男や鎧《よろい》姿の女、老人や親子連れまで、様々な人々が出たり入ったりしていた。店の中からは、食欲を刺激する肉やパンの香りが漂ってくる。

「食堂みたいだな。しかも、かなり繁盛してる」

「とりあえず、入ってみよう！」

ダイが入り口を開け、ポップが後に続く形で店の中に入ると、すぐに給仕係の少年が駆けつけてきた。

「いらっしゃいませ！　ご注文は？」

「トラン！」

「せっ、先生!?」

＊　＊　＊

「ごめんなさい！」

店の奥にある居住スペースで、トランは深々と頭を下げた。

「修業をサボるつもりはなかったんです！　ただ、色々事情があって……」

「わかってるよ、水臭い奴だな。どうしておれたちに相談しないんだ？」

「しようとは思ったんですけど、どうお話ししていいか、迷ってしまって……」

「全部話せばいいじゃねえか。たとえ不治の病だって、治療する手はあるかもしれないだろ」

「へっ？」

トランは不意打ちを食らったように目を点にした。

思いがけない反応に、ポップのほうも戸惑《とまど》ってしまう。

「違うのか？　おまえ、不治の病で余命幾ばくもないんじゃ」

「病気なんかじゃないですよ！」

「そうだよなあ」

ダイは納得したように一人で頷いた。

「どうも変だと思ったんだ。話を大きくしすぎなんだよ、ポップは」

「だっ、だってよ！」

「でもトラン、なんで急に帰ったりしたの？　おれ、なにか気に障《さわ》るようなこと言ったのか？」

「そんなんじゃないです！　ただ……」

トランが次の言葉を言いかけた、ちょうどそのとき。

女性の金切り声と共に、食器が割れるような激しい物音が、店のほうから聞こえてきた。

「やめてください！」

「またあいつらかっ！」

トランが店のほうへ駆け出していく。

「なんだってんだ？」

「とにかく、行ってみよう！」

ダイとポップが後に続くと、店内には、明らかに柄《がら》のよくないチンピラ風の男が五、六人おり、床に倒れ込んだ中年の女性を囲んでいるところだった。

「借りた金も返せねえような店の飯なんぞ、マズくて食えたもんじゃねえ。ああ、借金くせえ」

チンピラ風の男たちのリーダー格らしい細身で猫背の男が、女性を見下ろしながら自らの鼻を摘《つま》んでみせる。

「だから、それは誤解だと言ってるじゃないですか」

床に散らばった料理を拾いながら中年女性がつぶやくと、猫背の男はその頭を踏みつけにして、

「うるせえ！」

「やめろ！」

さらに足蹴《あしげ》にしようとしたとき、駆けつけたトランとダイが猫背の男の前に立ちはだかった。

「なんだぁ？　またボコられに来たのかぁ、このガキ。隣のチビは誰だ？　お友だちを連れてきたのか？」

「違うっ！　この人はぼくの先生だ！」

トランが叫ぶと、猫背の男はプッと吹き出し、

「先生ってか！」

「ガキがガキになにを教えられるってんだ！　おままごとか？」

仲間うちで下品に笑い合うチンピラたち。

「こいつら、どう見たって善良な市民ってツラじゃねえな」

一歩下がった位置から様子を見ていたポップが、身構える。

「うん……！」

ダイも剣の柄《つか》に手をかけた。状況はよく飲み込めないが、チンピラたちがこれ以上乱暴を働くのを黙って見ているわけにはいかない。

しかし、そんなダイたちをそっと制する手があった。トランだった。

トランはさらに一歩前へ進み出て、

「痛い目に遭いたくなかったら、今すぐこの店から出ていけ！」

チンピラたち相手に、堂々と胸を張ってみせた。

猫背の男は、そんなトランを驚いた様子で見つめている。トランの気迫に気圧されたのかと思われたが、次の瞬間にはまた吹き出し、それに呼応するように周りのチンピラたちも大笑いしはじめた。

「借りた金を耳揃《そろ》えて返すなら、すぐにでも出ていってやるよ！」

一人を取り囲んで威圧するような笑い声にも、トランは怯《ひる》むことはなかった。

「そんなものはないって言ってるだろ！　これ以上言いがかりを言うと、王宮に訴えるぞ！」

「訴えられるもんなら訴えてみろや。こっちには証拠もあるんだぜ」

猫背の男は懐《ふところ》から紙切れを取り出し、トランの前でひらひらと振ってみせた。

「こいつは借金の証文だ。よ～く見てみろ。オレからおまえの親父《おやじ》に、一五〇〇〇G《ゴールド》貸したと書いてあるだろ」

「デタラメを言うな！」

「デタラメぇ？　てめえなんかにわかるもんかよ！　文字も読めねえクソガキによぉ！」

「くそっ……」

悔しげに歯噛《はが》みするトラン。

ダイにも、だんだんと状況が見えてきた。

どうやらチンピラたちはこの店の誰かに金を貸しており、その取り立てを理由に乱暴を働いているらしい。これ以上の暴力は黙って見過ごせないが、証拠があると言っている以上、うかつに判断することもできない。せめて、あの紙切れになにが書いてあるのかわかれば大きな判断材料になるが、ダイは文字がまったく読めなかった。

「文字が読める奴なら、ここにいるぜ」

「ポップ！」

ダイの気持ちを察したかのように、ポップが猫背の男の眼前に片手を突き出した。

「貸しな。おれが読んでやるよ」

猫背の男はフンと鼻を鳴らし、ポップに紙切れを渡す。ポップはじっと目を通しはじめた。

「トラン……おまえの親父ってのは、リタンスって名前か？」

「はい」

「ってことは、こっちのグーンってのがこのチンピラか……」

ポップに睨《にら》みつけられた猫背の男——グーンは、ニヤニヤと笑《え》みを返した。

ポップは軽く舌打ちし、紙切れをグーンに返す。

「残念だけど、この紙に書かれてる文言《もんごん》はこいつの言う通りみたいだぜ」

「そっ、そんな……！」

「それに、期日までに金を返せない場合は、店の権利を譲るって書いてある……。その期日っていうのは、今日から数えて三日後だ」

「ええっ!?」

「アァッハハハハッ!!　だから言っただろ、馬ァァァ鹿！」

グーンは勝ち誇ったように叫び、甲高《かんだか》い声で笑いはじめた。

「ウソだ……」

トランは拳《こぶし》を握りしめてうつむき、なにも言い返すことができない。

「残念だったなァ！　てめえのパパはクズなんだよ！　貸した金も返さねえで勝手におっ死《ち》んで、家族に迷惑をかける最低最悪のクズ野郎だ！」

「違う！　父ちゃんはそんなっ！」

「違わねえよ！　文句あるならかかってくるか？　いいぜ、生命《いのち》がいらねえなら受けてやるよ！　ほら来い！　来いよ！」

「コノヤロー！」

飛びかかりそうになるトランを、ダイがすかさず押さえつけた。

グーンはニヤリと笑みを浮かべ、

「じゃあな。金はきっちり返せよ」

片手を振りながら踵《きびす》を返すグーンに、他のチンピラたちも続いていく。店の中にはダイたちだけが残された。

「くっそー！」

トランが悔しさをみなぎらせて拳でテーブルを叩《たた》いた。

その音は、がらんとした食堂に虚しく響き渡った。

中年女性は、トランの母で、名をミーヤといった。

この店の主人でもあるミーヤは、店をいったん閉めると、ダイたちを奥の居住スペースに招き入れた。

「本当に申し訳ありません。勇者様をこんな内輪の揉《も》め事《ごと》に巻き込んでしまって」

「気にしないで、ミーヤさん。それより、詳しい話を聞かせてよ」

「……わかりました」

ミーヤは、ポツポツと語りはじめた。

「私たち家族は、パプニカのこの場所で、ずっと食堂を営んできました。私と夫のリタンスは、かつてさる王宮でコックをしていたことがあります。味ではそのあたりのお店に負けない自信がありました。事実、私たちの店は繁盛し、たちまちパプニカでも指折りの人気店になったのです」

「この店もお客さんがたくさん来てたもんね」

「めちゃくちゃ美味《うま》いんだろうな。いつか味見してみたいぜ」

ダイとポップのお腹《なか》が同時に鳴った。

「しかし、そんな私たちの店に悪い噂《うわさ》が立ちはじめました。この店の肉料理は、くさったしたいの肉を使っている。キノコはおばけキノコで、ナプキンはミイラおとこの包帯で、香辛料はばくだんいわを砕いたものだ——

どれも根も葉もない噂でした。馴染《なじ》みのお客様はまったく意に介しませんでしたが、そうでないお客様の中には真に受けてしまう方も多く、客足は目に見えて少なくなっていきました。一体誰がそんな噂を流したのか……犯人の目星はすぐに付きました。私たちの店から大通りを挟んで向こう側にある食堂の店主です」

「ちょっと待って。どうしてわかったの？」

「その男は前々から私たちの店を商売敵《がたき》と見ていたらしく、私たちの店の悪口を散々に言いふらしていたと、複数のお客様から教えていただいたのです。ただし、証拠はありません。夫が問いただしたのですが、証拠を見せろと開き直られてしまい、噂を止めさせることはできませんでした。でも、夫は諦めませんでした。三日三晩考え、噂を止めさせる方法を思いついたのです」

「その方法って？」

「ぶん殴ることです」

「えっ？」

「夫はその男の店に乗り込み、店員たちと大立ち回りを演じて男をひっ捕まえ、無理やり自白させました。男はもうやりませんと泣きながら土下座し、その後、悪い噂は本当に流れなくなりました」

「すげえ親父さんだな……よく似たのを知ってる気もするけど」

「私たちの店の客足は戻り、元の活気を取り戻しました。反対にあの男の店の評判はみるみる落ちて、ついに閉店に追い込まれました」

「そっか……。その悪い噂を流してた『あの男』って奴が……」

「はい。グーンです」

　トランはきっぱりと答えた。

「グーンが、父ちゃんに懲《こ》らしめられたことを恨んで、ぼくたちに復讐《ふくしゅう》してるんです」

「コックをやめてチンピラになっちまったってわけか。情けねえ野郎だぜ」

　ポップはしみじみ言った。

「あいつは元々料理人じゃない。金儲《かねもう》けのためならどんなことでもやる奴なんだって、父ちゃんが言ってました」

「ねえトラン、さっきグーンが言ってた気がするんだけど、お父さんは……」

「父ちゃんは死にました。殺されたんです。パプニカが襲われたとき、魔物に」

「そっか……」

申し訳なさそうなダイの様子に気づいたのか、トランは笑顔を作った。

「いいんです。どうやっても事実は事実だし、ダイ先生たちのせいじゃありませんから」

「でもよ、これからどうするつもりなんだ？　あんな証拠を出されたんじゃ、言いがかりだとしても反撃のしようが……」

言いかけて、ポップは口をつぐんだ。

闘志と恨みがこもったトランの目を見たからだ。

「あんな証文、偽物に決まってます！」

トランは真剣な表情で訴えた。

「お店は繁盛してたんです。借金なんかしてるはずないですよ！　それに、店をたたむことになったとき、グーンは父ちゃんに向かって言ったんです。『覚えてろ……！』『借りは必ず返してやるからな……！』って。これは絶対にあいつの仕掛けた罠《わな》です！」

「もういいよ、トラン。店はあいつらに渡そう」

心底疲れた様子のミーヤに、トランはにっこり微笑《ほほえ》んだ。

「大丈夫だよ。ぼくがなんとかしてみせるって言ってるだろ」

「どうやってさ？」

「それをダイ先生たちと相談するんだからさ、母さんは仕込みでもやっててよ！」

トランはミーヤの背中を押し、無理やり店の奥へ押し込んだ。

「修業してること、お母さんには内緒にしてるんだね」

「はい」

ダイの問いかけにトランが頷く。

「父ちゃんと同じようなことをしようとしてるって知ったら、絶対止められちゃいますから。でも、それしかないと思うんです」

「それはそうだけど、ちょっと無茶なんじゃない？　あれだけの数の大人を相手に一人で戦うっていうのはさ」

「おれたちが手伝ってやれば、一番手っ取り早いんじゃねえの？」

「そうだよ。おれたちが手伝うからさ。ぱぱっとやっつけちゃうってのは……」

「ダメですっ！」

トランは大きな声でダイの提案を却下した。

「お二人の気持ちはすごく嬉しいんですけど、これはぼくの戦いですから……！」

絞り出すように言うと、トランは店の外に走っていってしまった。

店の中には、ダイとポップの二人だけが残される。

「ぼくの戦いって、どういうことだろう？」

「夫との約束なんです」

いつの間にか、奥の部屋からミーヤが戻ってきていた。

「夫は、トランを守って死んだんです。魔物に追い詰められて殺されそうになっていたあの子をかばって……」

ミーヤは声を詰まらせる。そのときのことを思い出してしまったのかもしれない。

目の前で父親に死なれる。しかも自分をかばって……。ダイに両親の記憶はないが、思い出される出来事がある。デルムリン島で、魔王ハドラーの攻撃から身を挺《てい》してかばってくれたアバン。痛みをこらえつつも見せてくれた、あの優しい笑顔。脳裏に呼び起こされるたびに、胸が張り裂けそうになる。

「血だらけの夫を抱き起こそうとしたとき、トランは言われたそうです。『母ちゃんを守れ』『店を頼む』と。あの子はそれを守ろうとしているのです。父親が死んだのは自分のせいなのだから、父親の代わりに自分が頑張らなければいけないと」

「そうだったんですか……」

「トランがなにをしようとしているのかは知っています」

ミーヤは赤く腫《は》らした目でしっかりとダイを見つめた。

「どうかあの子を守ってください。この通りです!」

深々と頭を下げるミーヤ。ダイは明るい笑顔になり、

「大丈夫だよ、ミーヤさん。おれたちに任せて！」

ミーヤに安心してもらえるよう、大きな声で応えた。


「どうするつもりだ、ダイ」

帰り道。ポップに尋ねられてもダイは答えられなかった。トランを助けること自体は簡単だった。グーンたちが、これまで戦った強敵以上の強さを持っていることは万に一つもあり得ない。問題は、そこにはないのだ。

「考えてみたら、おれだったら嫌なんだよな。決意を持って挑んだ戦いに保険かけてるみたいでさ。カッコ悪いじゃねえか」と、ポップ。

「おれも嫌だよ」と、ダイ。

ピンチになったら助けてもらえるなんて気持ちで、戦いに向かうことはできない。まして、戦い自体を他人に委ねてしまうことなど。そんなことをするくらいなら、潔《いさぎよ》く一人で戦って死んだほうがマシだとすら思う。しかし、このままではトランは確実に殺されてしまうだろう。戦う側はそれで構わなくても、守る側はそうはいかない。死なせるわけにはいかないから、どこかで手助けするしかないのだ。たとえ嫌われて、もう先生とは呼んで

もらえないとしても……。

人にものを教えるのは、本当に難しいと、ダイはつくづく思った。

残された日数は、あと三日だった。しかしトランはなにやら一人で修業を始めたらしく、ダイと行動を共にしようとはしなかった。

「あとはやれるだけ頑張ります。先生は自分の修業をしてください！」

爽《さわ》やかにそう言って、どこかに走っていくトラン。もしかしたら嫌われてしまったのかもしれない。それでも構わなかったが、やはり悔しくもあった。このままトランの先生をやめてしまって良いのだろうか。今のトランは、父親との約束を果たすことで頭がいっぱいになっている。とても危うい状態だ。そんな彼になにか教えられることはないだろうか……。

「あいたっ！」

軽い衝撃と叫び声で、ダイはハッと我に返った。古ぼけた鎧を身にまとった老人が、尻もちをついている。考えごとをしながら歩いていたせいで、ぶつかってしまったらしい。

「だっ、大丈夫ですか？」

「ダイくんっ！」

「バダックさん!?」

「ピィ〜ッ！」

尻もちをつかせた相手は、ダイの仲間でもあるパプニカの老戦士バダックだった。

「ごめん。ちょっとボーッとしちゃってて」

「いっ、いいんじゃよ！　気にせんでくれ！」

バダックはそそくさと立ち上がると、

「そっ、それじゃ、わしは行くぞ。またな、ダイくん！」

そう言い残し、逃げるようにその場から走り去っていった。

「どうしたんだろう……？」

ダイは首をかしげつつ、その背中を見送った。

＊　＊　＊

そして、当日の朝がやって来た。

食堂の前には、背中に木刀を差し、頭に白い鉢巻《はちまき》を締め、動きやすい布の服に身を包んだトランが仁王《におう》立《だ》ちしている。ダイたちがやって来ると、トランはわずかに頬をほころばせた。

「先生！　来てくれたのは嬉しいんですけど……」

「わかってるよ、トラン」

ダイは腰をかがめ、トランの目線に合わせる。

「お父さんの遺志を受け継ぎたい君の気持ちは、よくわかってる。どんな結果になっても、おれはこの戦いに手を出さないよ」

「おれもさ。かっこ悪いのは嫌だもんな」

「ダイ先生……ポップ先輩……」

トランはじわじわと溢《あふ》れてきた涙を片手で拭った。

「ありがとうございます！」

「まあ、様子は見させてもらうけどな。頑張れよ」

「はいっ！」

ポップが軽くトランの肩を叩き、ダイとポップは物陰《ものかげ》に隠れた。

もちろん、ダイもポップも、この約束を守るつもりはない。トランの生命に危険があると判断した場合は、すぐ飛び出すつもりだった。店の中からは、心配そうにこちらを見ているミーヤがいる。ダイは彼女と目で会話した。心配しないで。絶対に守るから。ミーヤは小さく頷くと、店の奥に下がっていった。

やがて、グーンと数人のチンピラたちが、街路の向こう側からゆっくりと歩いてきた。

「グーン！」

トランは駆け出し、道の真ん中に躍《おど》り出て、木刀を構える。グーンは面白そうに口元を歪めた。

「ハン、似たもの親子ってやつか？」

他のチンピラたちに手を出すなと合図し、自分も木刀を構える。

「店は、おまえらなんかに渡さない！」

「いいぜ？　かかってこいよクソガキ」

「やあああああああっ!!」

「うぐっ!?」

余裕たっぷりだったグーンの表情が、驚きに変わった。トランの一撃を自分の持っていた木刀で防ぎはしたが、それが精いっぱいのようだった。気合いと共にトランが放った一撃は、それほどに強烈だった。

「やあっ！　たあっ！　とあああっ！」

間髪《かんはつ》を容《い》れずに攻撃を繰り出していく。グーンの頭へ、腕へ、首筋へ。胴体を横薙《よこな》ぎに。

そのどれもが鋭く、重く、正確な攻撃で、グーンは防戦一方に追い込まれる。

「す、すごいや……！」

物陰で様子を見ていたダイは、思わず前へつんのめりそうになるくらいに驚いていた。

「強くなってる……それも、段違いに！」

教えていたときとは、ほとんど別人と言ってもいい上達ぶりだった。ダイが伝えようとしてもわかってもらえなかった剣の扱い方を、完璧《かんぺき》とはいわないまでもかなりマスターしている。これだよ、これができるようになってほしかったんだよ、と、ダイは飛び上がりたいくらい嬉しくなった。

「おまえの修業の効果があったんだな」

ポップの声もすっかり弾《はず》んでいた。喜びを分かち合いたいところだったが、引っかかることもあった。トランが繰り出す剣は、確かに素晴らしく上達しているけれども、どうして急に成長したのだろう。その場では理解できなかったダイの教えが、数日後に理解できるようになった、とでもいうのだろうか。

そのとき、気配を感じてダイは振り返った。隣の建物の陰で、人影が動いたような気がしたのだ。騒ぎを聞きつけて、街の人が様子を見に来たのか。それとも、グーンの仲間が隠れているのか。後者だとしたら放ってはおけない。不意打ちでもするつもりなら、今のうちに止めておかないと。

ダイは音を立てないように気をつけながら移動し、隣の建物へ移った。

「どこ行くんだよ、ダイ」

ポップが小声でついてくる。

「この建物の向かいの壁際で人影を見たんだ。グーンの仲間かも」

近づいていくと、それはやはり人間だった。より正確に言えば、それは……。

「バダックさん！」

バダックはギクッとこちらに振り返った。

「なんでじいさんがこんなところにいるんだよっ!?」

「なんでと言われたら、そうじゃのう……」

バツが悪そうにうつむき、もじもじと、

「心配になったんじゃよ。あの少年……トランのことがのう」

「トランのこと知ってるの？」

「ああ。わしの教え子じゃからのう」

「バダックさんの!?」

「ダイくんの代わりに教えていたんじゃ。ほんの数日だけだったがのう」

バダックが言うには、ダイのもとから離れた数日間、トランは一人で修業していたのではなく、バダックから教えを受けていたらしかった。

「最初は一人で修業しようとしているようじゃった。見ちゃおれんかったわしは、つい声をかけてしまったんじゃ。実は前から、ダイくんたちと修業しているところを目にしておったからのう。差し出がましいとは思ったんじゃがのう……」

「なるほどな。だからトランの奴、短期間にあれだけ強くなったのか」

合点がいったと何度も頷くポップに、バダックはふふんと鼻を鳴らした。少し気を良くしたようだった。

「なにしろわしはパプニカの兵士たちの指導もし、パプニカ一の剣術師範と謳《うた》われたこともあるからのう。初心者を教えるなど、わけはないのじゃよ。少年じゃから、飲み込みも早いし」

「すごいや……！」

ダイはつぶやいた。その声は少し寂しげだった。気づいたバダックが、あたふたしはじめる。

「別にダイくんの修業が役に立たなかったと言っとるわけじゃないぞ」

人差し指を立てて、ダイを見つめた。

「ダイくんはまだ指導に慣れていないだけじゃ。なんせアバン殿に数日しか習ってないのじゃからのう。教え方がわからないのも無理はない。それに、ダイくんは強敵との戦いをくぐり抜けることによって、勇者としての力を身に着けたのじゃろう？　それは人に教えて簡単にものにできる力ではないさ」

「ありがとう、バダックさん。でもね、おれ、別に悔しかったり、ショックを受けたりしたわけじゃないいんだ」

それは、偽《いつわ》らざる本心だった。

誰の教えによってなのかは、関係ない。

トランが成長したことが、単純に嬉しかった。

あれほど目をキラキラと輝かせて、強くなりたいと願ったトランの、その思いが実を結んだことが、すべてを吹き飛ばすほど嬉しかったのだ。

「そうだったんだ……」

あのとき、自分の力だけで問題を解決しようとしているトランの姿が、ダイにはひどく危うく見えていた。

しかし、それはダイも同じだったのだ。トランを成長させるにはどうしたらいいか。自分の力だけで解決しようとしていた……。

マトリフが言っていた言葉の意味が、ダイの中でようやく理解されようとしていた。

「うわあああっ！」

トランの悲鳴で、ダイは視線を戻した。

いつの間にか、形勢が逆転している。

グーンが木刀を力任せに振り回し、トランをめった打ちにしている。決定打こそ避けられてはいるものの、嵐のような攻撃に耐えるので精いっぱいの様子だった。

「ナメやがってクソガキがっ！　大人の怖さを思い知らせてやるぜえぇっ!!」

「トランっ！」

ダイは少しの躊躇《ちゆうちょ》もなく物陰から飛び出した。そして、攻撃を続けるグーンに突進し、右拳を握りしめて振り下ろした。

「うおおおおっ！」

「ぐっ!?」

かろうじて木刀で受け止めたグーンの身体が、大きく後ろに持っていかれる。恐ろしく重い一撃だった。

「このガキっ……!?」

「ダイ先生っ！　どうして!?」

トランの声が上ずっている。約束を破ったことに対して怒っているのか、それとも、助けてもらったことに安堵《あんど》しているのか。そんなトランの気配を背後に感じつつ、あくまで前を向きながら、ダイはたった今自分で気づいたことをトランに叫んだ。

「トランっ！　困ったときに友だちに頼るのは、かっこ悪いことなんかじゃないよ！」

「クソガキィィィっ！」

グーンが木刀を大上段に構えて突進してくる。ダイは身じろぎひとつせず待ち構えると、木刀が振り下ろされた瞬間にすばやく身をかわし、隙《すき》だらけの脇腹に強烈な肘打《ひじう》ちを打ち込んだ。「ぶべっ!?」と悲鳴をあげ、グーンは真横に吹き飛ばされた。

「よしっ……！」

ダイが小さく拳を握った、その瞬間だった。

「死ねぇっ！」

背後から声が聞こえてきて、振り返った。

チンピラの一人が握ったナイフの切っ先が、ダイの喉元に迫っている。

今度はダイが勝利の隙を狙われたのだ。まさかこのタイミングで他の仲間が反撃に移ってくるとは考えていなかった。

（まずい、かわせない……！）

そう思った。しかし、

「うぎゃっ!?」

ナイフを突き立てようとしていたチンピラが、小さなうめき声をあげてその場に崩折《くずお》れる。

その後ろに、鞘《さや》に入ったままの剣を握るバダックが立っていた。

間一髪、バダックが背後から攻撃し、チンピラの凶行を阻止したのだった。

危なかった。バダックがいなければ、今頃は……人知れず安堵しながら、ダイはトランに振り返り、にっこり微笑んで見せる。

「ほらね？　おれだって、一人じゃなにもできないんだから」

「……はい！」

トランは笑顔になり、大きく頷いた。


その後、ポップやバダックも加わっての大立ち回りが開始され、残らず懲らしめられたチンピラたちは、ダイとバダックによってひとかたまりに集められた。

「さぁて。後はこいつらをどうするかだな」

「全員ふんじばって、パプニカの王宮に突き出してやるわい」

「でもバダックさん、こいつらなんか持ってるんだよ。ショーモンって言ったっけ？」

「甘いぜ、ダイ。トランの店をめちゃくちゃにした時点で、弁解の余地なんかねえよ」

「ダイ、だとぉ……!?」

倒れていたグーンが、ポップの言葉を耳にした瞬間に目を開いた。

「ダイっていやぁ、このパプニカを救ったっていう、勇者の……？」

「なんだぁ？　だったらどうったっていうんだよ」

「なぁるほど。どうりで強《つえ》えはずだぜ」

すごむポップに、グーンは目に涙を溜めはじめた。

「うぐっ……ひでぇことしやがる……」

「あぁん？」

驚くポップを無視して、グーンは涙を拭いながら、ダイを睨みつけた。

「オレたちを一方的にぶん殴って借金をチャラにしようなんてよぉ。いくら勇者サマだからって、あんまりだぜぇ」

「なっ、なに言ってんだてめえ！　元はと言えば、てめえがでっち上げた話だろうが！」

「どこに証拠があるっていうんだよぉ！　なのに一方的にぶちのめしやがって……ひでぇ勇者サマだぜぇ……」

「くっ……！」

ダイは反論することができなかった。確かに、証文が偽物だと証明しない限り、トランの店を救うことはできない。

「ちょっと待ちな」

通りのほうから、小柄な老人がゆっくりとこちらに向かってきた。

「なっ、なんだてめぇはっ!?」

思わず身構えるグーンに、小柄な老人は不敵な笑みを浮かべる。マトリフだった。

「安心しろ。オレはてめえらの味方だ」

マトリフは小声でそっとつぶやき、ダイたちに向き直る。

「こいつの言う通りだ。いくら勇者だからって、疑わしいだけの奴を一方的にいたぶるのは感心しねえなあ」

「でも、マトリフさんっ」

ダイは混乱した。マトリフが突然やって来て、こちらに非難の言葉を浴びせてくるなんて。まったくの想定外だった。ポップも、マトリフの登場には考えが及ばなかったのだろう。先ほどから目を白黒させている。

「でっ、でもよ、師匠！　そいつはあからさまに真っ黒なんだぜ！」

「馬鹿野郎。それはてめぇらの印象じゃねえか。どこに証拠がある？」

「ショーモンってやつを見てみてよ。マトリフさんなら本物かわかるんじゃない？」

「証文だぁ？」

マトリフはグーンのほうを向いて、問いかけた。

「そんなもんがあるのか？」

「あ、ああ……」

「ようし、なら貸してみな。オレが白黒つけてやるよ」

片手を突き出すマトリフ。グーンはあからさまにためらいの表情を浮かべる。マトリフは、織り込み済みだとばかりに悪い微笑みを浮かべた。

「安心しろよ。オレは悪党だって言ってるだろ？　同じ悪人同士、悪いようにはしねえさ」

「お、おう……」

グーンはしぶしぶといった表情で懐から証文を取り出し、マトリフに手渡した。

マトリフはそれを片手で軽く握り、ダイたちのほうに向き直る。

「ようし、いいか？　よく見てろよ。本物の証文ってのはなあ、パプニカの魔法の紙を使ってるんだ。ちょっとやそっとじゃ燃えねえんだよ……メラ」

握る手から炎が生まれ、証文を包み込む。

「おいっ!?」

グーンが慌てて止めようとしたが、すでに遅かった。証文はマトリフの手の中で、真っ黒な灰に変わってしまった。

「あああああ――――っ!?」

「あれ？　燃えちまったな」

「ふざけんなこの野郎！　騙《だま》しやがったな」

いきり立ったグーンがマトリフの襟首《えりくび》を摑む。しかしマトリフはいたって涼しい顔で答えた。

「騙してなんかいねえさ。なあ、エイミさんよ」

「探しましたよ、マトリフさん」

ちょうどエイミが駆けつけてきたところだった。

「えっ、エイミさんまで？」

「どうなってんだ？」

ダイとポップは困惑するばかりである。

エイミは、ここまで走ってきたのだろう。息を切らせつつ、マトリフに紙切れを手渡した。

「これ、頼まれてたものです」

「ありがとよ……メラ」

先ほどと同じように手の中に握り、火炎呪文を唱えるマトリフ。

炎に包まれた紙切れは、しかし燃《も》え尽《つ》きることなく、そのままの色と形を保っていた。

「燃えないっ!?」

驚くダイに、マトリフはニヤリと微笑む。

「言っただろ。本物の証文は燃えねえって」

「ってことは、それが本物の……」

「まあな。姉ちゃん、読んでみてくれや」

再び紙切れをエイミに渡す。エイミはそれを広げて目を通しはじめた。

「えっと……『リタンスからグーンへ一五〇〇〇G《ゴールド》を貸し付ける。返済期限は二年』と書いてあります」

「ええっ!?　それじゃ、こいつが言ってたのとまるっきり逆じゃないか」

驚くダイに、エイミが小さく頷く。

「ちなみに、これはパプニカの文書館で取り交わされたもので、紛《まぎ》れもなく本物の証文です」

「だとよ。金を貸してる相手から借りるバカはいねえよな」

マトリフがニヤニヤしながら見やると、グーンは目を白黒させながら小刻みに震えていた。

「そっ、そんなっ……ああっ……」

両目がくるりと回転して真っ白になり、膝《ひざ》から落ちるグーン。すかさず衛兵が二人駆けつけてきて、グーンの両肩を持って立ち上がらせる。

「グーン。おまえを文書偽造の罪で捕縛《ほばく》する」

白目をむいたまま気を失ったグーンを連行していった。


「トランの親父さん、自分の店を潰そうとした奴にも情けをかけたってことか」

ポップがしみじみと言った。

「いいお父さんだったんだね、トラン」

「はい……」

トランは、ダイの胸に飛び込み、しくしくと泣きはじめた。

「さぁて。帰るか」

マトリフが一同に背を向ける。ダイがその背中に声をかけた。

「ありがとう、マトリフさん。でも、どうしてここに？」

「そりゃ、おまえが心配だったからよ。加減を知らねえ指導で、いたいけな普通のガキをぶっ壊しちまうんじゃねえかってな」

「そっ……そうだよね。危なかった」

「ま、オレは大したことはしてねえよ。骨を折ってくれたのはこの姉ちゃんだ」

エイミの肩にぽんと手を置く。何気ない仕草だった。

「面倒かけたな。あんた、どうしてここまでしてくれたんだ？」

「はぁ？」

「いい、いい。みなまで言うな。どうせオレに気があるんだろ？　恥ずかしがることなんかねえんだぜ」

いやらしい笑顔を浮かべるマトリフ。肩に置いた手がいやらしくうねうねと蠢《うごめ》きはじめ、腰のあたりに移動した。

すかさず、エイミはその手をぴしゃりと払いのける。

「我が国の風紀に関わる問題だからです！」

「ちぇっ」

マトリフはぷいとそっぽを向き、子どものように舌打ちをした。

こうして事件は一件落着し、トランの食堂は、元通りの繁盛を見せはじめた。パプニカの復興に合わせて、客足も増えていくだろう。評判の味を守り続ける限り、未来は安泰だった。

「美味い！　こりゃすげえや」

「こんな食堂があったとは……！」

「本当だね。パプニカに住んでたら、毎日だって通いたいくらいだよ」

「このたびは本当に、ありがとうございました」

ミーヤとトランがダイたちのテーブルの前にやって来ていた。

せめてもの礼にと、ダイたちを食事に招待したのだった。

食堂を出たらすぐに、ダイたちは旅立たなければならない。トランたちとは長いお別れになりそうだった。

「ダイ先生。大魔王を倒したら、またぼくに剣を教えてくださいね」

「うん。その頃には、教えるほうもレベルアップさせておくよ」

「なんならわしが教え方を指導してやろうか？　ダイくん」

「うん。お願いしようかな」

「本当か？　ようし、燃えてきたぞー！　必ずダイくんを立派な先生にしてみせる！」

「なにをどうやって教える気なんだ、じいさん……」

燃え上がるバダックに、ポップとゴメちゃんが不安を覚える。

「トラン」

ダイはトランに向き直り、その肩を両手で摑んだ。

「得意でないことは得意な人に頼ればいいって、今回のことでおれも学んだんだ。だから
トランもさ、困ったことがあったら頼れる人を見つけてね」

「はい、先生！」

トランは木刀を取り出し、その場で構えると、ぐっと力を込めた。

「はぁぁぁぁ！」

木刀が、かすかに光った……ような気がした。

「えっ!?　今、まさか闘気が……」

トランは応えず、ニッと微笑むばかりだった。

第2章　海賊船あらわる

【ロモスから航海中に起きた事件】

ここは海の上。より正確に言えば、ロモスからパプニカに向かう船の上——。

青く澄み渡った空に、穏やかな波の音だけが聞こえるその甲板《かんぱん》の上に、一人の少年が立っていた。魔法使いのポップである。

「ギラッ！」

ポップは呪文を唱えた。

覚えたての閃熱《せんねつ》呪文だ。

杖《つえ》の先から放たれた閃熱の光が、海の彼方《かなた》にまっすぐ飛んで小さくなっていく。

「よーし。快調、快調っと」

水平線の向こうを見据《みす》えながら、ポップは満足そうに頷《うなず》く。

自分で考えていたよりもまっすぐ飛んでくれたし、威力も申し分なさそうだった。

これなら、今後ますます激しくなっていくであろう魔王軍との戦いの中で、大きな戦力になるだろう。

「くぅぅ、早く実戦で使ってみてえなあ」

ポップの中で、ワクワクした気持ちがこみ上げてきた。

この閃熱こそが、ポップがレベルアップを果たしたなによりの証《あかし》なのだ。

おれはもう、今までのおれとは違う。

そんな思いが、ポップの中に強くあった。あの恐ろしい獣王クロコダインから一時は逃げ出そうとしたものの、仲間のためにと思い直し、クロコダインのいるロモスの城へ単身乗り込んでいった、あのとき。

そんな勇気が出せたことが今でも不思議だが、あのときからポップは、少しずつではあるが、自分で自分のことを信じられるようになったと感じていた。

これからどんな強敵が現れたとしても、ビビって逃げ出すようなことはしない。

ついさっきこそ、突然海の中から飛び上がってきた魔物に対して、世にも間抜けな叫び声をあげてしまったが……。仲間の、よりによってマァムの背に隠れてはしまったが……。

「あっ、あれは仕方ねえ。不可抗力ってやつだぜ」

まさか船の上にも魔物が現れるとは思っていなかったのだから。それに、驚いただけで、本来なら次の瞬間にはすぐに体勢を立て直し、ギラで焼き魚にしていたに違いないのだ。

「今度襲ってきたときこそ見てやがれ。たっぷり呪文をお見舞いしてやる」

ポップはそう心に決めていた。

新しく覚えた呪文で、かっこよく魔物を倒す姿を見せつければ、さっきの失態など一瞬で帳消しになるはずだった。

「よっし。魔物ども、どっからでもかかってきやがれ！」

ポップは自《みずか》らを鼓舞《こぶ》するように大声を出すと、再び甲板の外に視線を向けた。

船の外は、見渡す限りの青い海である。

ロモスを出発してからすでに数日が経過していた。目的地のパプニカまでは、まだ相当な距離があるらしい。ポップが見張りの役目を引き受けてからもかなり時間が経っていたが、景色に目立った変化はなかった。

「このまま何事もなく、パプニカに着いちまうのかなあ……」

ホッとしたような、それでいて少し残念な気もしていた。そんなときだった。

「あれ……？」

突然、船の動きが停《と》まった。

どこまでも青い海の真ん中である。目的地に着いたとは思えない。

風がすっかり止《や》んでいた。マストの頂点の旗も、すっかりしおれた様子でピクリとも動かなくなっている。これでは進めるはずもなかった。

「なんなんだ、一体……？」

首をかしげるポップの頬《ほお》を、すうっと冷気がなでていく。

「ひっ」

思わず声が裏返ってしまった。

遠くの海原から濃い霧が流れてきて、あっという間にポップの周りを包み込んでいく。

視界は乳白色の霧に奪われ、腕を伸ばすと指の先が見えない。

まるで雲の中にでもいるようだった。不気味でじめっとした重たい空気が肌《はだ》を伝う。

「こんなことって、あるのか……？」

いやな予感に、ポップの背筋《せすじ》がぶるっと震えた。

「魔王軍の襲撃……ってことはねえよな」

船長によれば、この船は常に聖水を流しながら進んでいるため、並の魔物なら近寄ることすらできないという。

現に、先ほど襲いかかってきた魔物は、船の縁《へり》に手をかけた瞬間、叫び声をあげて逃げ帰ってしまった。

しかし、襲いかかってくるのが並以上の魔物だったとしたら……。

または、空の上から襲ってきたとしたら……。

「そっ、そそそんなことって……！」

次から次へと浮かんでくる悪い想像を打ち消そうと、ポップはしきりに頭を左右に振った。

そのときである。

「ひっ!?」

ポップは腰を抜かしそうになるほど驚いた。

目の前の霧の中に、黒い人影が二つ現れたのだ。

「すごい霧……なにも見えないわ」

「なにが起こったんだ、ポップ!?」

霧の中からやって来たのは、マァムとダイだった。

「おっ、驚かすんじゃねえっ!」

「ごめん。でも見張りに出てたポップなら、なにか見えたんじゃないかって思ってさ」

「おれにもわかんねえ。気づいたら風が止んで、霧がものすげえ勢いで広がっていったんだ」

「自然現象……なのかしら」

「いや、恐らくは違うだろう」

マァムの疑問に答えたのは、船長だった。

霧の中から三人の前に現れた船長は、神妙そうに唇《くちびる》を結んでいる。

「私も海に出て長いが、こんなことは初めてだよ」

「魔王軍の攻撃ですか？」と、ダイ。

「わからん。しかし、それならばすでに襲われていていいはずだ」

「魔界にでも入ったんじゃないっスよね」

ポップは冗談のつもりで言ったが、笑う者も怒る者もいなかった。

現実とも、そうでない世界とも、誰も判断がついていないのだった。

「船長ーっ！」

「船です！　十時の方向！」

「なにっ？」

霧の中から聞こえてきた船員の声に、船長はすばやく駆け出した。

「なにが起こったの？」

「とにかく行こう！」

頷き合って、ポップたちも後に続く。

その行く手を、黒い大きな影が覆《おお》った。

望遠鏡を使って見るまでもない。

前方に出現していた巨大な黒い影が、ポップたちの船に重なろうとしていたのだ。

「これほど近づくまで気づかないとは……！」

黒い影の主《ぬし》を見上げ、船長はすっかり言葉を失っている。

大きさは、恐らく今ポップたちが乗っている船と同じくらいだろう。だが、その姿はあまりに異様だった。

帆はどれもボロボロに破れ、三本あるマストのうちの前二本は斜めに折れかかっている。最後尾のマストは完全に折れており、船腹にも、ところどころに穴が空いている。

浮いているのが不思議なほどの損傷具合だった。

「きっと長い間漂流してたのね」

「まだ生きてる人が乗ってるかもしれない。助けないと！」

「いや、どうだろうな……」

ポップは言葉を濁した。

甲板に人影はなく、船内の窓から灯《あか》りが漏れている様子もない。

「漂流船っていうより、幽霊船だぜ。まるっきり人の気配がしねえ」

「見た目はそうでも、生き残った人がいるかもしれないわ」

「でもよ、おかしいだろ。向こうもこっちの存在には気づいてるだろうに、誰も様子を見に来ないなんて」

「病気になってて、動けないのかもしれないよ。なおさら助けに行かないと！」

「でもよ……」

ポップはあまり乗り気にはなれなかった。

もし生きている人間がいるなら、当然助けに行きたいと思ってはいる。

しかし、その可能性はないのでは、という予感があった。

この船に乗ってはいけない……と、ポップの中の誰かが警告している気がするのだ。

確信や予言めいたものではなく、あくまでなんとなくのレベルではある。具体的に理由を述べることもできない。だからこそ、ストレートに伝えることはできなかった。

単に臆病風に吹かれただけだと思われてしまうからだ。

（おれは変わったんだ……！　強くなったんだ……！）

ポップは自分に言い聞かせつつ、船の様子を見ようと顔を上げた。

「ひっ!?」

間抜けな叫び声が、またもや口をついて出てしまった。

誰もいなかったはずの甲板に、黒い人影がぼうっと、浮かび上がるように現れたのだ。

「かっ、甲板に、誰かいる！」

「良かった。やっぱり生存者がいるのね」

ダイとマァムがポップの指差したほうを見る。

しかし、人影はすでに消えていた。

「誰もいないよ、ポップ？」

「そんなはずはねえ。確かに見たんだ！」

ポップは勇気を振り絞って、船の甲板を見回してみる。

しかし、甲板どころか船室にも、人の気配はまったく消えていた。

「魔王軍に襲われたってことは考えられないかな？」

「可能性はあるわね」

ダイの発言に、マァムが頷く。

「あれだけ船がボロボロなのも、魔王軍の攻撃のせいなのかも」

「ポップが見た人影は、生き残った乗組員なのかな」

「だといいけどな……」

やはり良くない考えが先に浮かんでしまう。

しかし、いずれにしても、これ以上話し合っていても埒《らち》が明かないのは明白だった。白黒つけるためには、実際に乗って確かめてみるしかない。

まったく気が進まないが、ダイやマァムも一緒なのだ。このままじっとしているよりはマシだと、そう思えるようになってきた。

「本艦の任務は、君たちを無事にパプニカへ送り届けることだ」

船長が重々しく口を開いた。

「だが、遭難している船を見捨てるのは、船乗りの仁義に反する」

「船長の言う通りだよ。あの船に乗ってみよう」

「……だな」

ダイの決断に、ポップは小さく頷いた。

＊　＊　＊

船には、小回りの利《き》く手漕《てこ》ぎボートが数隻《せき》備え付けられている。

ポップたちはその一隻を使って海を渡り、件《くだん》の船のすぐそばにやってきた。

どうやって乗り込もうか考えていたとき、甲板から縄はしごが降ろされてきた。

「やっぱり人がいるみたいね」

マァムがほっとしたように胸をなでおろす。

「どんな状況になってるのか、話を聞いてみよう」

ダイを先頭に、はしごを上《のぼ》って甲板に上がった。

「あれ？」

「誰もいないわね……」

甲板に人の気配はなかった。

魔物の気配もない。今上がってきたばかりのポップたち以外、動くものの気配は少しも感じられなかった。

「こいつはやばいぜ……」

ポップは唇を噛《か》んだ。

助けを求める人が現れないのに招き入れられたということは、まずワナの可能性を考えなければならない。それが、いつ、どのような形で牙《きば》を剝《む》いてくるのか。

「とにかく、船の中に入ってみようよ」

「そうね」

ダイとマァムは、船室の入り口に向かって歩きだした。

「ちょっ、ちょっと待てよおまえら！　魔王軍のワナかもしれねえんだぞ！」

「そうだけど、ほっとけないよ」

「生存者が一人でもいる可能性があるなら、ワナであろうとも進むべきだわ」

ダイとマァムは、当然のように応《こた》えた。

「すげえな、二人とも……」

ポップは一人つぶやいた。

ダイとマァムはあくまでも純粋に、困っている人を助けたいという気持ちだけで動いている。ワナかもしれないとわかっていても。

とてもできない芸当だと、ポップは思った。

しかし、だからこそ、この二人にすごいと言ってもらえるような存在にならなければ、仲間でいる資格はない。

「……待ってくれ！」

ポップは意を決して駆けだし、ダイたちの先頭に回った。

「ここは、おれが先頭で行かせてくれ」

「急にどうしたんだよ、ポップ」

「おれはこう見えて、アバン先生にはけっこう長く教えてもらったんだ。魔物やワナなんかの知識もそれなりに持ってるんだぜ？」

「でも、いきなり襲われたら危ないよ？」

「そうよ。体力の低い魔法使いは先頭に回るべきじゃないわ」

「んなことはわかってるけどさ」

ポップはさらに食い下がった。

「なにか起こったとき、真っ先に見て、真っ先に対処を考えたいのさ」

それに、あえて先頭に立つことによって、少しも怖がっていないことをダイやマァムに見せておきたい。

……とは言えなかったものの、思いは通じたのか、ダイが軽く微笑《ほほえ》んだ。

「わかった。それじゃ、ポップが先頭で行ってくれ」

「頼んだわよ、ポップ。なにかあったらすぐに知らせてね」

「もちろんさ。子どもじゃねえからな」

ポップは、気合いを入れ直そうと額《ひたい》のバンダナを締め直す。

「いくぜ、二人とも」

ポップはダイとマァムを引き連れ、船内への扉を開けた。

船内は薄暗い廊下に、部屋の扉が並んでいた。

人の気配はないが、壁に据え付けてある燭台のロウソクが、ところどころほのかに灯っている。しかも、まだ随分と長い。火がつけられて間もないようだった。

「やっぱり誰かいるみたいね」

「しかも、かなり歓迎されてるみたいだぜ」

「ねえ……なんか匂わない？」

ダイが鼻をひくひくさせながらつぶやいた。

「そりゃ、こんだけのボロ船だからなあ。カビ臭いのはしょうがないだろ」

「そうじゃなくて。なんだか、美味《おい》しそうな匂いなんだけど」

「なんだって？」

「本当だわ……」

マァムも、うさぎのように鼻をひくひくと動かしはじめた。

「ポップも感じない？　スープの匂いだわ」

「なに言ってんだ？　この状況でそんな匂いがするわけ……」

ポップは途中で言葉を飲み込んだ。

ないはずの匂いが、ポップの鼻にも確かに漂ってきたのだ。

「どういうことだ、こりゃ……」

焼きたてのパンとバター。それに、スープ。この薄暗くて不気味な船内にはおよそ不釣り合いな、平和的で温かい匂いだった。

どこかで食事が行われているのだろうか。もしそうなら、あまりにも呑気《のんき》である。

しかし、匂いは確実にこの先の扉の向こうから流れてきていた。

「どうする、ポップ?」

「入ってみるしかねえだろ。たとえワナだとしてもな」

「そうね。そろそろハッキリさせておきましょう」

三人は頷き合い、廊下を進んで、匂いが漂ってくる扉の前に立った。

「いいか?　一、二、三で開けるぞ……一、二、三!」

ポップの合図で、扉を一気に開け放つ。

中は豪華な内装の食堂だった。

真ん中のテーブルに、これまた豪勢な食事が三人分、用意されている。

パン。サラダ。肉料理にスープ。どれも湯気が立ち上っていた。

「匂いの正体はこれか……」

当たり前といえば当たり前な、そのものズバリの答えである。

「やっぱ、歓迎されてるみたいだな、おれたち」

一体、この食事を用意した主は、なんの目的でこんなことを行っているのか。

敵なのか。それとも……。

考えながら、ポップはスープの入った皿を手に取った。

湯気の他に、熱も残っているか確認しようとしたのだ。

「うあッ!?」

スープは確かにまだ温かかった。しかし全身に悪寒のようなものが走り、ポップは反射的に手を放した。支えを失ったスープの皿が、高い音と共に床へ落下する。

ただの料理ではない。触れた瞬間にそう感じた。

急激に意識が遠のいていく。身体《からだ》が重力に逆らえなくなり、フラフラとその場に膝《ひざ》をついた。毒かなにかが塗られていたのかもしれない。

「ダイ！　マァム！　この料理はやばいぜ！　触《さわ》らないほうが……」

危機を知らせるために叫び、途切れそうになる意識を必死につなぎとめようとした。

すると、停止寸前だった頭が再び回転しはじめた。消えそうだった意識が、急激なスピードで戻ってきたのである。

ポップは立ち上がった。腕も足もきちんと付いているし、どこかが動かない様子もない。

どうやら毒ではなかったらしい。

「なんだってんだ、一体……」

独《ひと》りごとをつぶやくと、近くにダイとマァムの気配を感じた。

二人とも、元気そうに二本の足で立っている。ポップの叫びを聞き、料理には触らないでいたのだろう。

「ダイ、マァム。あの料理に触らなかったよな？」

「ウウウ……！」

返ってきたのはうめき声だった。

「ダイ……？　マァム……？」

ここに至って初めて、ポップは異変に気づいた。

ほんの数秒前まで普通に接していたダイとマァムが、人間らしさを失っている。

瞳には魔物と見紛《みまご》うほどに獰猛《どうもう》な赤い光が宿り、獲物を威嚇《いかく》するときのような低い唸り声をあげている。

取り返しのつかないことになったのではという思いに、背筋が凍りついた。

「おいっ！　どうしちまったんだよ、二人とも！」

ポップが二人の仲間に駆け寄ろうとしたときだった。

「うわッ!?」

視線の端に光るものを捉《とら》え、反射的に後ろへ飛《と》び退《の》いたことが功を奏した。

たった今までポップがいたその場所を、橙《だいだい》色の熱線が一直線に薙《な》いだのだ。

この熱線には見覚えがあった。覚えたての閃熱呪文・ギラ。

「そんな……！」

熱線が飛んできたほうには、ポップが立っていた。

「おっ、おれが、二人!?」

まるで鏡でも見ているかのように、自分と瓜二つの男の姿。

姿かたちは同じでも、姿勢や動きはまったく別物で、鏡に写った姿などではない。紛《まぎ》れもない実体だ。構えた杖の先から煙が一筋漂っている。閃熱呪文は、この杖から放たれたのだ。

「なんなんだ、てめえは！　おれに化けたつもりか？」

「……ッ！」

返答の代わりに返ってきたのは、またも閃熱呪文。それも連発だった。

「くっ！　くそっ！」

矢継《やつ》ぎ早《ばや》に飛んでくる熱線を、無我夢中でかわした。反撃する間をまったく与えないほどの連続呪文攻撃。本物のポップよりも扱い慣れているとさえ思える。

「ふざけんじゃねえ！」

一、二発食らうのを覚悟で反撃しようと、杖を構えた。
しかし、攻撃は来なかった。

魔法力が尽《つ》きたのかもしれない。なら、この機を逃《のが》す手はない。

杖に魔法力を込めつつ、狙いをつけるべくポップもどきの姿を目で追った。

しかし、その姿はなかった。

「ッ!?」

ポップはもう一度あたりを見回した。

ポップもどきの姿はすっかり消えていた。

それだけではない。

ポップが立っていたのは、見知らぬ部屋の真ん中だった。

「なんだってんだ……?」

呪文をかわしているうちにたどり着いたのか。

それとも、別の呪文やワナによって飛ばされたのか。

まったくもって身に覚えがなかった。

部屋には人の気配がない。木材がきしむ音のみが、不気味に、断続的に響いている。

「冗談じゃねえぞっ……!」

不安が喉を突いて飛び出しそうになり、近くの扉に駆け寄って思い切り開いた。

そこはまた見知らぬ、無人の部屋だった。

「くそっ……！」

次々と扉を開き、中に入った。

入っても入っても、見知らぬ部屋や廊下が続く。

見覚えのある場所には、どうやってもたどり着けなかった。

「ウソだろ……」

取り返しのつかない失敗に、頭が真っ白になる。

一体どうしてこんなことになってしまったのか。

食器を手に取ってしまったのがいけなかったのか。それとも、もっと前からなのか。

魔物のようになってしまったダイやマァム。そして、もう一人のポップ――ポップもどき。

目まぐるしく変化する状況に流され、ポップは船の中で遭難してしまったのだ。

「おっそろしい船だよな……」

誰にともなく言いながら、ポップは薄暗い廊下をゆっくり進む。

あれからしばらく船内をさまよったが、状況はまったく変わっていない。

自分自身の間抜けさを呪う気持ちと、現状の心細さとが、ポップの中で同居していた。

自分の偽物がいたのだから、さっきのダイやマァムも偽物に違いない。

であるなら、本物のダイやマァムは、どこでなにをしているのか。

一刻も早く見つけて、合流しなければならない。

しかし、果たして合わせる顔があるのか。

なにしろ、先頭を行くと豪語しながら、真っ先に失敗してしまったのだ。

これほど格好の悪いことはそうそうない。

しかし、起こってしまったことは仕方ないのだ。

ポップは腹をくくることにした。

外から見た限りでは、それほど大きな船でもなかったはずだった。しばらく歩き回れば、なんとなくの全体像が摑《つか》めるだろう。

しかしその最中、魔物なり悪霊なりに襲われたら、一人で戦わなければならない。

薄暗い船内には相変わらずところどころにロウソクの灯りがついているが、他に目を引くものは見当たらない。薄暗い廊下。踏むたびにやたらギシギシと音を立てる床板。側板《がわいた》が腐って壊れた樽に、布が朽《く》ち果《は》てたベッド。どれも、この船が幽霊船であることをこれ以上なく説明していた。

「魔物はともかく、幽霊に呪文って効くのか？」

不気味さが少しでも紛れればという気持ちからか、独りごとが次々と出てくる。

ダイの超人的な攻撃も、マァムの魔弾銃《まだんガン》と回復呪文もない状態で、果たして戦い切れるのか。

本物のダイかマァムと再会する前に、誰とも会いたくはない。会いませんように。

心の中で祈った次の瞬間、廊下の向こうで物音がした。

音は確かに曲がり角の奥から聞こえてくる。こちらに歩いてきている。

「祈ったばっかりじゃねえかよ。ちくしょうっ……」

ポップはその場に立ち止まり、杖を構えて向こうから現れるであろう足音の主を待った。

足音の主は、速度を早め、さらに近づいてくる。

喉が乾き、つばをごくりと飲み込んだ。

「ポップ！」

やって来たダイの姿に、ポップは身体が温かくなるのを感じた。

「ダイか？」

あのときのように目が光ってもいないし、魔物のような気配も感じられない。ダイだ。

明らかに本物のダイだ。

「ダイっ！」

両腕を目いっぱい広げて駆け寄ろうとした。

しかし、飛び出そうとする足を慌《あわ》てて引っ込める。

ダイが腰に吊っている剣の柄《つか》に手をかけたのだ。

「待て！」

すばやく剣を抜き放ち、切っ先をこちらに向けて、ダイはポップの動きを牽制《けんせい》する。

「おまえは……本物のポップなのか？」

「見てわかんないのかよ？　正真正銘のおれだ。ポップだよ」

身振り手振りを交えて、懸命に訴えかける。

ダイはそんなポップの姿を厳しい表情でじっと見つめていた。

こいつもまた、偽物のおれやマァムと出会っていたのか。

ポップがそう気づいたとき、ダイはホッとしたように表情を緩めて剣を収めた。

「ポップ……！　本当にポップなんだね……！」

「ああ……！」

ポップは改めてダイに駆け寄り、その小さな身体を抱きしめた。

何時間ぶりかの再会だった。

ポップは自分がここに至った経緯をダイに話し、代わりにダイの経緯を聞いた。

ダイが言うには、ポップと離れたのは、三人で例の食堂を調べているときだったという。

「急にポップとマァムの様子がおかしくなって、おれに攻撃してきたんだ。必死にこらえてたら、おれの偽物が出てきて、戦ってたら、いつの間にか一人ぼっちになって……」

「おれの前にも偽物が来やがったぜ……。どうなってるんだ、一体？」

「わからない……マァムはどうしてるかな？」

「マァム……」

ダイの問いかけに、ポップは言葉を詰まらせる。

絶対にどこかでピンピンしている。そう信じてはいるが、やはり心配ではある。

（あいつを危険な目には遭《あ》わせねえ……。絶対にな……）

ポップは拳《こぶし》を強く握りしめた。

「どこかにいるさ。二人で探そうぜ」

「うん……！」

「よし、それじゃ行動開始だ」

力強く頷いたダイを連れ、二人でマァムを探すことにした。

船内は相変わらず得体の知れない不気味さに包まれていたが、ポップは自分の足取りがいくぶん軽くなっているのを感じた。

自分の足音のすぐ後に、ダイの足音が響いているからだった。

おれはもう、一人じゃない。

その事実が、ポップの心を前よりもずっと落ち着かせていた。

(やっぱ、怖かったんだよな、おれ……)

今までは、そんな自分自身の気持ちを認めることができなかった。

認めた瞬間に、これまでしてきた苦労や成長がすべて無意味なものになってしまうような気がしていた。一人でも大丈夫なフリをしていた。でも、やはり怖かったのだ。

それに比べてダイは、気を抜いたら置いていかれそうな早足で、ずんずんと先へ進んでいっている。

さすが勇者だ。この程度の不気味さなどものともしていない。

(やっぱ、すげえよな……)

それはポップの偽《いつわ》らざる本心だったが、同時に少しだけ悔しくもあった。

「うわっ!?」

素《す》っ頓狂《とんきょう》な叫び声をあげ、ダイが立ち止まった。

「どうした、ダイ？」

「この壁の向こうに、なにかいる……」

「マァムかな？」

「わからない。ガタって音がしたんだ」

「わかった。おれが見てくるよ」

「待って！」

様子を見に行こうとしたポップの服の裾《すそ》を、ダイが力強く引っ張った。

「敵かもしれないよ」

「だったらなおさらだ。先に見つけて呪文をお見舞いしてやる」

「待ってよ！」

ダイは服の裾を掴んだまま、ポップを見上げる。

「……怖いんだ」

「えっ？」

ダイは、涙をこらえるように唇を引き結び、うつむいていた。

「今までだって、めちゃくちゃ怖かったんだよ。この船、今にも沈みそうでおっかないし、ポップもマァムもおかしくなって……」

「おいおい、ウソだろ……」

にわかには信じられない光景だった。

あの勇者ダイが、同じ年頃の普通の少年と同じように、一人ぼっちや不気味な船の中が怖いというのか。

「情けなくてごめん。でもおれ……やっぱり一人じゃ無理なんだ。マァムやおまえがいないと……」

「気にすんなよ、ダイ」

ポップは明るい調子でダイの肩を叩《たた》いた。

「おれだって同じ気持ちだからよ。二人で見に行こうぜ」

「うん……」

近くに古びたドアがあった。壁の向こうは、部屋になっているようだ。

ポップはダイと共に、そのドアを開けた。

中に入った瞬間、拳くらいの大きさの黒い塊《かたまり》が目の前を横切る。

「ひゃあっ!?」

ダイは小さく飛び上がってポップの陰《かげ》に隠れた。

「ややや、やっぱり、なにかいた！」

ポップの背中を両手で掴み、小さく震えている。

（ちょっと変じゃねえか……？）

よほどお化けや幽霊の類《たぐい》が苦手なのだろうか。それにしても、これまでのダイからは想像もつかないほどの弱々しさだった。

再会する前とは、まるで別人である。

「お願いだよ、ポップ……。ちょっと見てきてくれない……？」

ダイが恐る恐る指を差したのは、黒い塊が隠れたと思われる木箱だった。

「ちょっと待ってろ」

ポップは足音がしないようにそろりそろりと木箱に近づき、すばやく持ち上げた。

「ひゃあっ、出たぁっ!!」

「落ち着けよ、ダイ」

ポップは、細長いなにかを摘《つま》んでダイの前に引っ張り出した。

丸々と太った黒い塊が、ポップの指から逃れようと大暴れしている。

それは、大きなネズミだった。

「普通のネズミにしちゃでかいが、魔物ってほどでもねえだろ」

「なぁんだ……」

心の底からほっとしたような表情で、その場にへたり込む。

(やっぱ、今までのダイじゃねえ……。よっぽど怖い目に遭って日和《ひよ》っちまったのか、それとも……)

「ありがとう、ポップ。やっぱ頼りになるよ」

「えっ？　そ、そっか？」

「おれ、やっぱりポップがいないとだめだ。ありがとう、ポップ」

(ま、いいか！　おれが頼りになる男に成長したってことだろ)

二度もお礼の言葉を投げかけられ、ポップは都合のいい解釈をした。

＊　＊　＊

その後もポップは、怖がるダイの代わりに廊下の先を見に行ったり、部屋の扉を開けたりしていた。そのたびに、ダイは言うのだった。

「ポップに会えて……。おれ、本当にホッしたんだ」

「一人になってからずっと考えてたんだ。今頃、ポップはどうしてるだろうって」

「ポップって、おれなんかよりよっぽど勇気があるんじゃないか？」

（こういうのも、たまには悪くねえな……）

ポップはすっかり気を良くしていた。

自分より怖がり、自分を頼りにしてくれるダイと一緒に行動しているため、ポップは落ち着きを取り戻していた。案《あん》の定《じょう》、この船の中をいくら探しても生存者がいるとは思えない。マァムと合流して、とっとと下船するべきだと思った。

そんなときだった。

進んでいく廊下の先に、望んでいた人影が姿を現した。

「マァム！」

ポップは喜びのあまり叫び、マァムに駆け寄った。

やっと三人が揃《そろ》った。これでこの幽霊船から抜け出せる。そんな思いが全身を駆け巡った。

「グルゥアアアアッッ!!」

マァムが魔物のような叫び声をあげた。

その瞬間、思い知った。これは、マァムじゃない。食堂で会った偽《にせ》マァム――マァムもどきだ。

「ガァルァァァァッ!!」

マァムもどきは猛然と突進してきた。

「くそっ！　よりによってこっちを引いちまうとはな！」

迎え撃とうと、ポップは杖を構える。

マァムもどきが何匹もいるのか、どれくらいの数いるのかはわからない。しかし、一体ずつでも減らしていけば、いつかは駆逐《くちく》できるはずだ。

「ギャアアアアッ!!」

マァムもどきがひときわ大きな声をあげた。

船全体を震わすかのような咆哮《ほうこう》に、ポップの肝《きも》が縮み上がる。

しかしマァムもどきは突進をやめ、その場でたじろぐように立ち止まっていた。まるで、迎え撃とうとするポップの姿勢に恐れをなしているようだった。

個々の戦闘能力は、それほど高くはないのかもしれない。それならば、充分に仕留められる。

ポップが杖に魔力を込めようとした矢先だった。

「たあああっ!!」

ダイがポップとマァムもどきの間に割って入り、マァムに斬りつけた。

キィンッ！

鋭い金属音に、部屋の空気が震える。

ダイの一撃を、マァムもどきが自らのハンマースピアで受け止めたのだ。

そして、今度は反動を利用してダイを攻撃する。二人の攻防が始まった。

「ポップは下がって！　こいつはおれが倒す！」

「すまねえ、ダイ。今、援護するぜ！」

ポップは再び杖を構えた。

ダイとマァムもどきは一進一退の攻防を繰り広げている。

呪文で援護すれば、形勢はダイへ傾くに違いない。

「キィエエエエエッ!!」

またも魔物のような声が響いた。マァムもどきとは別のほうから。

「ダイもどき……！」

マァムもどきと同じ、赤く怪しく光る瞳を持つダイもどきが、これまたマァムもどきと同じように、奇声をあげながらポップに突進してくる。

「ちくしょう！　なんなんだよ！」

ポップはダイもどきに杖の先を向けた。

そのまま呪文を唱えようとしたが、うまく魔力を集中できない。

ダイもどきの突進力は、凄《すさ》まじい迫力だった。まるで、なりふり構わず突進してくる猛獣である。その恐怖が、集中に勝《まさ》ってポップの脳裏を支配した。

「うわあっ！」

呪文も、杖も、なにもかもかなぐり捨てて、逃げ出したい衝動に駆られる。

しかし、すんでのところで思い留《とど》まった。

「やあああああっ!!」

廊下から飛び込んできた人物が横薙《よこな》ぎに振るったハンマースピアが、突進するダイもどきをしたたかに打ったのだ。

「マァム！」

「ずいぶん探したわよ、ポップ！」

「本物のおまえなのか？」

「見ればわかるでしょ！」

そう言うなり、マァムはポップに接近し、その股《また》ぐらを摑んだ。

「あいっ!?」

ポップの身体はそのまま宙を舞い、マァムに抱え上げられた。

「逃げるわよ！」

「えっ？　ちょっと、おいっ！」

マァムはポップを抱え上げたまま走りだした。

部屋から脱出し、長い廊下をひたすらに駆ける。

これほどまでに躊躇《ちゅうちょ》なく逃げるマァムを見たのは初めてだった。

「おっ、おい！　待てよマァム！　ダイを置いてくのか？」

「やむを得ないわ！　わからないの？　あなたは狙われているのよ、ポップ！」

「なにっ？」

マァムの一言に、ポップはひどく戸惑《とまど》った。

「おれが狙われてる、だって……？」

走るマァムに抱え上げられたまま問いかけると、マァムは小さく頷く。

「そうよ。私もあの偽物たちと何回か出くわしたけれど、私にはまるで興味がないみたいだった。最初からあなたを狙っているのよ。覚えはない？」

「そう言えば……」

確かに、マァムもどきも、ダイもどきも、まずポップめがけて襲いかかってきた。

しかし、なぜ狙われるのか。ポップにはまったく思い当たる節がない。

「きっと呪文ができて、頭も切れるあなたを一番危険な存在と考えているのよ」

「おれが……危険な存在……？」

「あるいは、この幽霊船から脱出するには、あなたの力が必要とか」

「おれの力が……必要……？」

「どっちにしても、あいつらにとってあなたの存在がとても重要なのは間違いないわ。だから、私たちのためにも、あなたを守らないと」

「そっ、そっか……」

にわかには信じられないが、マァムの真に迫った様子から、自分の存在がこの船からの脱出に重大な役割を果たしそうな気もしてきた。なにがどう重要なのか、具体的なことは一切見当もつかないが……。

「手がかりを探しましょう。この船をくまなく探せば、なにかわかるかもしれないわ」

「だな。よし、そうと決まったら！　……とりあえず、降ろしてくんねえ？」

「あっ!?　ごめんなさい！」

マァムは腰を落としてポップを降ろし、床に立たせた。

「よし、行こうぜ！」

ポップは、マァムと共に船の廊下を歩きはじめる。

手始めに、先ほどの部屋に戻ってみた。ダイや二人のもどきたちの姿は、すでになかった。

「決着はついたのかな？」

「わからない。でも、もしあいつらが生きているとしたら、あなたを狙って必ずまた現れるはずよ」

「だな」

部屋を出て、再び廊下を歩きだした。

「ねえポップ、聞かせて。ここまで、どんなことがあったの？」

「そうだな。ええっと……」

ポップはダイに再会したときと同じように、これまでの経緯を話して聞かせた。

「そうだったの……。私も同じよ。あの食堂で、急にあなたとダイの様子がおかしくなって……」

「三人が三人とも、他の仲間がおかしくなったのを見たってわけか。妙な話だぜ」

「私たちの偽物は、何者なのかしら？」

「前に聞いたことがあるぜ。パーティーの仲間そっくりに化ける魔物がいるってな。あいつらも、その類なんじゃねえか」

「そんな魔物がいるのね……。初めて聞いたわ」

「しかも一匹とは限らねえ。おれたちにそっくりに化けた魔物が、そこらじゅうにいるかもしれねえってことだ」

「そんな……」

ショックを隠せないマァムが言葉に詰まった、そのときだった。

「きゃあっ！」

「うおっ!?」

強風に煽《あお》られたのか、船体がギシギシと音を立て、大きく揺れた。

同時に、ポップの全身を温かく柔らかな感触が包み込んだ。

足をもつれさせたマァムがつんのめり、ポップに抱きついてきたのだ。

「ごっ、ごめんなさいポップ！」

「いっ、いいってことよ！」

マァムはバネで弾《はじ》かれるようにポップから離れた。心なしか、その頬が赤く染まっている。

「急に船が揺れたから、びっくりして……」

「おまえってさ、結構怖がりなんだな」

「そうよ！　怖がりじゃ悪いの？」

さっきまで赤かった頬をぷくっと膨《ふく》らませ、マァムはそっぽを向く。

「悪いってわけじゃねえけどさ！　全然！　ただ、ちょっと意外だなーって」

「ひどいわ、ポップ。私だって、怖いものくらいあるんですからね」

マァムはポップの腕を掴んで引き寄せてきた。腕から伝わる柔らかな感触に、今度はポップの頬が赤く染まる。

「この船の雰囲気、ずっと苦手だったの。しばらくこうしててもいい？」

「あっ、ああ。いいぜ……」

破裂しそうな胸の鼓動の中からでは、そう答えるのが精一杯だった。

腕を組んだ状態のまま、探索を再開させる。

場所が場所なら、街でデートしているカップルにも見えなくもない……。

(嬉《うれ》しいけどさ、マァムって、こういうタイプだったっけ？)

頭の片隅をよぎりもしたが、ポップは二人きりの探索を続けることにした。

「ダイを探そう。おれやこの船のことについて、なにか掴んでるかもしれない」

「そうね。うまく本物のダイを見つけられるといいけど……」

「楽勝だぜ。おれたちが離れない限り、これから出てくるおれやマァムは全部偽物だろ？

ダイだけを探して、本物か確かめればいい」

「どうやって確かめるの？」

「言葉さ。奴《やつ》ら、言葉までは真似できねえらしい。これまで会った奴らは、魔物そのものの声を出してたぜ」

「そっか。出会ったらまず、話しかけてみればいいのね」

「ああ。そいつを徹底すれば、いきなり攻撃されることも防げるはずさ」

「さすがだわ、ポップ！」

「そっ、それほどでもねえけどさっ！」

ポップの緊張は極限に達しようとしていた。マァムが組んだ腕をさらに引き寄せ、身体を寄せてきたからだ。

「とっ、とりあえず、次にダイを見かけたら、話しかけてみようぜ。おわっ！」

突然、足元でバキッと音がして、踏み出した足が床に取られた。さらに前へ出ようとしていたもう片方の足が行き場を失い、ポップの身体は床へ吸い寄せられるようにつんのめっていく。

「うわわっ！　とっ！」

「きゃっ!?」

とっさに伸ばした左手が、なにか柔らかいものを摑んだ。

それがマァムの身体の一部であることに気づいて手を引っ込めたが、もう遅い。

「わっ、わりぃマァム！　わざとじゃないんだ！」

言いながら、衝撃に耐えようと両腕で顔を覆った。しかし、来るはずのマァムのパンチが、なぜか来ない。

恐る恐る腕を解いてみると、マァムはその場で頬を赤らめ、恥ずかしそうにうつむいていた。

「もう、変なとこ摑まないでよ……」

蚊の鳴くような声で一言つぶやき、もじもじと身体をよじらせている。

（や、やっぱ変だぜ……）

ポップは愕然《がくぜん》とした。この船に乗る前のマァムからは、およそ考えられない反応である。

船内でなにか悪いものでも食べたのか、あるいは……。

しかし、恥ずかしそうに身をよじる姿は、どうにも愛らしかった。

（まぁいいか、それだけおれが頼れる男に成長したってことだろ！）

ポップはまたも、いいように解釈した。

その直後だった。

「っ!?」

閃熱が、ポップの頬をかすめた。

どこからか現れたポップもどきが、ギラを唱えてきたのだ。

「またおれの偽物かよ！」

ポップが杖を構えるよりも早く、ポップもどきの持っている杖から炎が生まれた。

「うおっ!?」

ポップもどきは再びギラを放ってきた。付け入る隙《すき》を与えない、すばやい呪文の連続攻撃である。

「くそっ！　反撃するスキがねえ！」

「逃げましょう！」

マァムはそう言い残し、一人でさっさと走り出した。

「ちょっ、マァム!?」

あのマァムが反撃の素振りすら見せずに逃げるなんて。しかも、これで二回目である。

なにかがおかしい。ポップがそう思ったとき、マァムが足を止めた。

行く手に、これまた二つの影が立ちはだかっている。

マァムとダイだった。

「マァムもどき……！　一緒ってことは、おまえもダイもどきだな！」

「ウウウウ……！」

「ウガアアアッ!!」

もどきたちは、またもポップに襲いかかってきた。

「ポップには指一本触れさせないわよ！」

すかさずマァムが前に出てダイもどきたちに突進し、ハンマースピアを振るう。

後ろからはポップもどきが呪文を飛ばしつつ接近してきた。

完全に挟み撃ちの状態になった。

「前の二人は私がなんとかするわ！　悪いけど、後ろはお願い！」

「おう！」

ポップは杖を手にポップもどきと対峙《たいじ》した。

一人でもどき二人を相手にしようとしているマァムのためにも、ポップもどきと他のもどき二人が連携する形になるのは避けたい。せめて一対一の状況になるようにしなければ。

しかし、偽物とはいえ明らかに格上の相手である。今の自分でどこまでやれるのか。不安を感じつつ、違和感を抱《いだ》いてもいた。

マァムのことである。

さっきポップもどきが現れたときには逃げることを選択したのに、もどき二人に襲われた今は真っ先に攻撃に移った。

相手が一人のときには逃げたのに、二人のときには攻撃した。

挟み撃ちを避けようとしたということであればわかる気もするが、一瞬の怯《ひる》みもなく真っ先に向かっていたことが引っかかる。

だが、今そのことを深く考えている余裕はない。兎《と》にも角《かく》にもポップもどきを止めるのが先決だった。

やるしかない。ポップは杖を握る手に力を込めた。

「みんなー！」

ポップもどきがいる廊下の向こうから、誰かがこちらに駆けてくる。

ダイだった。

「ダイ！」

ポップは内心で安堵《あんど》した。これで人数の上での不利は解消される。

しかし、ダイはポップもどきとポップの間をすり抜けた。

「えっ!?」

「だああっ！」

ダイは、ダイもどきへ果敢《かかん》に斬り込んでいき、そのままダイもどきと剣を結びはじめた。

「そりゃないぜ……」

マァムはもどき二人を同時に相手にしているのだから、仕方ないといえば仕方ないが、少しくらい気にかけてくれてもいいのではないか。まるでポップを完全に無視したかのような行動だった。いつものダイなら、考えられない。

そんなことを考えていたポップの目の前に、閃熱の光が迫っていた。

ポップもどきの呪文攻撃である。

「ッ!?」

考え事をしていた不意を突かれた形だった。避け切れない。当たる。

覚悟したときだった。

「アアアッ！」

こちらに突進してきたダイが、目にも留まらぬスピードで振り下ろした剣で、閃熱を真っ二つに引き裂いた。

アバン流刀殺法《とうさつぽう》・海波斬《かいはざん》である。

「すまねえ、ダイ！　助かったぜ」

「グルゥウウッ！」

「うおっ、偽物っ!?」

「やあああっ！」

マァムがダイもどきに対して横薙ぎにフルスイングする。ダイもどきの腹にクリーンヒットし、矢のような速さでふっ飛ばされる。

「大丈夫？　怪我《けが》はない？」

「あっ、ああ……」

ふっ飛ばされたダイもどきにマァムもどきが駆け寄り、ベホイミをかけている。

「あいつ……偽物だったよな？」

見間違いだったのだろうか。今、ダイもどきは、ポップもどきの呪文から、ポップを守ったように思えた。

「おれは、偽物に助けられたってのか……？」

それは、決して小さくない違和感だった。

一見しただけでは、まったく見分けがつかない二組のダイとマァム。動きもまったくそっくりで、強さも互角のように見える。

しかし、海波斬を放ったのも、傷ついた仲間を回復しているのも、もどきたちのほうだった。

「まさか、あいつらのほうが本物ってことは……ねえよなあ」

しつこく呪文を放ってくるポップもどきに対応しつつ、ポップはその場で起こっていることを冷静に観察しようと努めた。

おかしいことはまだまだあった。

積極的に攻撃を仕掛けているのは、常に本物のダイやマァムだった。もう片方のダイとマァム――ダイもどきとマァムもどきは、ひたすら防御に徹している。

ダイもどきやマァムもどきもポップを狙ってきたことはあったが、突進してきただけで、攻撃をされたわけではない。「狙われている」とマァムは言ったが、もどきたちは常に突進してくるだけだった。そして、毎回それを止めたのが……

「なにをしているの、ポップ！」

「援護してくれ、ポップ！」

ダイとマァムから懇願のような声が飛んでくる。

「……わかったぜ！」

ポップは意を決し、杖を構えた。

「ヒャドッ！」

「えっ？」

「なっ!?」

ダイとマァムが、驚きの声をあげる。

ポップが氷系呪文を向けた標的は、もどきたちの誰でもなかった。

呪文を唱えた瞬間から、船内が真っ暗になっている。

ポップは、船の明かりのロウソクめがけてヒャドを撃ったのだった。

「なにをしてるんだ、ポップ！　このままじゃ敵が見えないよ」

「どうしちゃったの、ポップ！　明かりをつけて！」

ダイとマァムの困惑し切った声が聞こえてくる。

「……メラっ！」

ロウソクに再び明かりが灯った。

船内が元の薄暗さを取り戻す。

「もう大丈夫だぜ、ダイ、マァム。このおれが来たからにはな」

「ありがとう、ポップ！」

「さすが！　頼りになるわ」

「よし。このまま三人で偽物を倒すぜ。おれについてきな！」

ポップはダイたちを引き連れて、一歩踏み出した。

「よう、おれ」

ポップは、ぎくりと振り返った。

背後にポップが立っていた。

「ずいぶん偉そうじゃねえか。パーティーのリーダー気取りか？」

「おまえっ……！」

「つーか喋《しゃべ》れたんだな、おまえ」

ポップは杖をポップに向けて、

「メラゾーマ！」

「ギャアアアアッ!!」

炎に包まれた瞬間、ポップの声が魔物のそれに変わった。

「きっ、貴様ッ！」

「ダイはそんな喋り方はしないぜ。偽物さんよ！」

ポップは、続いてギラを放った。ダイとマァムが熱線に巻かれる。

「ギャアアアッ！」

「ギャアアアッ！」

「やっぱ、そうだったか……」

ポップは深くため息をついた。

「ポップーっ！」

ダイとマァムが駆けつけてくる。

「ダイ、マァム……」

「私たちの言葉が通じるの？」

「ああ……ばっちり通じるようになったぜ」

「一体、なにが起こってたんだ？　ポップ」

「簡単なことさ。すべてが逆に見えてたんだよ」

ポップはダイの顔から目をそらしつつ続けた。

「おれには、おまえやマァムの声は、魔物が唸《うな》っているようにしか聞こえなかった。反対に魔物たちの声が、おまえらの声みたいに聞こえたってわけさ」

「だから、おれたちが何度呼びかけても通じなかったのか！」

「私たちが近寄っても逃げるし、どうしようかと思ってたのよ」

「すまねえ。最初からおかしかったんだよな。今のおれがあんなに頼られるはずがねえ。特に、ダンジョンに入ってすぐに敵のワナにはまるような間抜けにはな」

恐らく、あのときだ。

食堂にできたての食事を見つけ、なんの気なしに手に取った、あのとき。

ポップはなにかの呪文にかけられてしまったのだ。

それは幻惑呪文のマヌーサか、精神混乱呪文メダパニの一種。見たい幻を見せる呪文。

だからダイやマァムもどきはやたらとポップを頼りにしたし、ポップもどきは果敢に攻撃を仕掛けてきたのだった。

もどきたちは、あまりにもポップの願望通りの姿だった。

言ってほしいことを言ってくれた。

もっと早く、そんなことはあり得ないと判断できていたら、もう少し早く気づけたに違いなかった。

「ククククッ……」

奇妙な笑い声が聞こえてきた。ポップが呪文を食らわせた三人の偽物たちが、ゆらりゆらりと立ち上がってきた。

「せっかく面白い顔がたくさん見られたのに、もう終わりかぁ」

「でも、思ったより早かったわね」

「だな。計画じゃ、ダイたちをぶっ殺すまで気づかないはずだったものな」

「へっ！　それは褒《ほ》めてるつもりなのか？　ありがたいぜ」

「フフフフッ……！」

偽物たちは炎をまといながら、一つに合体した。

「グガアアアッ!!」

それは船の天井に届きそうなほど巨大な、炎のような形のモンスターだった。

「ついに正体を現しやがったな。こっちのほうがよっぽど清々するぜ」

「うおおおっ！」

ダイが剣を構えて突進し、上から振り下ろした。

剣は敵の胴体をなで斬りにした。しかし、まったく傷ついた様子はない。

「あれっ？　全然効かない」

ダイは首をかしげた。

硬いものに当たったのでもない。切っ先が、なんの抵抗もなく敵の身体に入ってしまうのだ。まるで蜃気楼《しんきろう》を斬っているかのように。

「あれは、もしかして……」

ポップの脳裏にハッと閃《ひらめ》くものがあった。それは、この魔物の正体について。昔、何度も聞かされたアバンの授業で、記憶に残っていた魔物の知識だった。

「ダイ！　相手はたぶん実体を持たない悪霊だ！　剣や打撃は効果が薄い。呪文で攻撃するんだ！」

「わかった！」

ポップの指示で、ダイは片手に炎を生み出し、マァムは魔弾銃を構えた。

「メラっ！」

「ええいっ！」

ダイの放った火球と、マァムの銃口から発射された弾丸が魔物に直撃する。

「ギャアアアアッ！」

魔物が苦しみはじめた。思った通りだ。効いている。

「いいぞ。とどめだ！　ギラっ！」

魔法力が尽きるまで、覚えたての呪文を撃ちまくる。

ダイもマァムも、それぞれの手段で呪文を集中させた。

三人分の呪文を一気に浴びた魔物は、炎に包まれながら、

「ギエエエエエッ…………！」

文字通り断末魔の叫びと共に、燃え尽きていった。

「よっし……終わった……」

魔法力が尽きたポップは、その場にへたり込んだ。

「帰ろうぜ……おれたちの船に、よ……」

ポップの意識は、そのまま遠のいていった。

＊　＊　＊

気がつくと、ポップは元の船のベッドの上にいた。

「戻ってこれたのか……」

「うん」

傍《かたわ》らで、ダイが頷く。

ダイが言うには、魔物が消えた後の船は道に迷うことなく、驚くほどあっさり霧から脱出することができたらしい。

「あの船は？」

「私たちがここに戻った頃には、もうなくなっていたわ」

ダイの隣にいるマァムが言った。

「なんだったのかしらね……魔王軍の手先だったのか、それとも……」

「ダイ……マァム……悪かった」

ポップはベッドから半身を起こし、二人に向かって頭を下げる。

「すっかり騙《だま》されちまったよ。おまえらにかっこいいとこ見せたいって、その気持ちを利用されちまった……本当にすまねえ……」

「もういいよ、ポップ」

「ポップだけが引っかかったとは思わないわ。私やダイだって、同じ立場になったら、騙されていたかもしれないもの。それに、あの船を出られたのはやっぱりポップのお陰よ」

「うん。おれたちだけだったら、船の仕掛けにも、魔物の正体にも気づけなかった。すごいよ、ポップは」

「ダイ……マァム……」

「パプニカまではもうすぐだって。それまでゆっくり休もう」

「ああ……」

ポップの瞳から涙が溢《あふ》れはじめた。

それは嬉しいから流れた涙なのか、それとも自分の不甲斐なさから溢れたものなのか、ポップにはわからなかった。

けれど、こいつら二人のために、本当の頼れる男にならねえと……。

ポップはそう決意していた。

第3章 マホイミを習得せよ
おまえの優《やさ》しさと正義《せいぎ》の心《こころ》を信《しん》じているからこそ…
教《おし》えるんだよ マァム…
【マァム修業編】

マァムは目を閉じて深く深呼吸し、精神を統一した。

「いくわよ、チウ……」

「いつでも来てください、マァムさん！」

対面には、おおねずみのチウが分厚いレンガのような木の板を構えている。

マァムの身長に合わせて台の上にのぼり、その正拳がちょうど当たる位置で、マァムの拳《こぶし》に耐えようと足を踏ん張っている。

「はぁぁぁぁーっ!!」

気合いと共に、マァムは拳を繰り出した。

拳の周囲に生まれていた白く柔らかい光が、板に当たる瞬間、一気にスパークする。

分厚い木の板は、真っ二つに割れていた。

「す……！　すごい威力ですよ、マァムさん！」

まるで自分のことのように喜びいっぱいの笑顔を向けてくるチウ。

しかし、マァムは浮かない表情でゆっくり首を振った。

「……いいえ。これではダメだわ」

「ええっ、そうなんですか？」

「ただの威力ではダメなのよ」

マァムは二つに割れた板をチウから受け取り、じっと見つめる。

「特殊な加工を施《ほどこ》されたこの板は、あの技が成功した場合、粉々に砕け散るはずなの」

「こっ、粉々に……!?」

チウは一瞬言葉を失う。自分が食らっていたらと想像したのか、しっぽの先がぶるっと震えたが、すかさず片手で握りしめた。

「な、なるほど……さすが我が武神《ぶしん》流の奥義ですね。実に奥が深い」

「そうね……。習得にはまだまだほど遠いわ」

「なあに、マァムさんなら絶対にうまくいきますよ。さあ！」

チウは新しい木の板を構え直し、

「何発でも来てください、マァムさん！」

「ありがとう、チウ」

マァムは、ちょっと変わったこの兄弟子《あにでし》の厚意に感謝しつつ、再び拳を構えた。

氷炎将軍フレイザードとの戦いの後、武闘家への転職のためにダイたちと別れたマァムは、ロモスの山奥に住んでいるという拳聖《けんせい》ブロキーナのもとにたどり着き、修業を始めていた。

それがほんの数日前の出来事である。しかし、飲み込みが早い上に、真摯《しんし》に取り組んだマァムは、通常の武闘家であれば何年もかかるブロキーナの課題をその数日でこなしてしまった。

そこで、奥義の伝授となったのである。

体内の生命活動を異常促進させる幻の呪文、マホイミの原理を応用し、インパクトの瞬間、莫大《ばくだい》な回復系魔法力を注ぎ込んで生体組織を破壊する奥義、閃華裂光拳《せんかれっこうけん》。

その修業が、今までマァムとチウが行っているものなのだった。


「はぁ……はぁ……はぁ……」

日も暮れかかった頃。マァムはとうとう拳を振るうのをやめ、膝《ひざ》と両手を地面につけた。

「マァムさん！」

チウが台から降り、駆け寄ってくる。

「今日はこれくらいにしておきましょう。飛ばしすぎですよ」

「ええ……」

周囲には、真っ二つになった板が薪《たきぎ》のごとく積まれている。

これが、今日の修業で得た成果のすべてだった。

「さすが奥義だ。簡単には覚えさせてくれませんね」

割れた板を片付け、修業場として使わせてもらっている小屋の戸を閉めた後。すっかり暗くなった山道をマァムとチウは歩いていた。

「でも、大丈夫。修業はまだ始まったばかりじゃないですか。焦らずいきましょう」

「ええ……」

チウの励ましに頷《うなず》いたものの、マァムの気持ちは晴れなかった。

今このときも、ダイやポップ、ヒュンケルやクロコダイン、それにレオナらが魔王軍と激しい戦いを繰り広げているはずである。一刻も早く新しい力を身につけ、彼らに合流しなければ。

そんな気持ちばかりが、マァムの心をはやらせていた。

「なあに。マァムさんの実力があれば、十日と経たずに覚えられますよ。それに、なんたって武神流の酸《す》いも甘いも嚙《か》み分けたこのぼくがパートナーですからね。さらにスムーズになりますよ……はっくしょん！」

チウが小さな鼻をひくひくさせてクシャミを放った。すかさず自分の道着の中から紙を取り出し、チーンとやっている。

チウはマァムの兄弟子と言える存在だった。しかし、偉ぶったり先輩風を吹かせたりすることはなく、常に優しく、敬意を持って接してくれる。

元はこの山に棲《す》む魔物だったが、ある村で悪さをしていたところをブロキーナに捕らえられ、厳しい修業によって邪悪な心を跳《は》ね除《の》け、言葉も話せるようになったという。特異な人生を送っているおおねずみだった。

マァムにとっては尊敬できる先輩であると同時に、互いに切磋《せっさ》琢磨《たくま》できる仲間でもあった。実力のほうはさておき、ではあったが、そんなチウの精いっぱいの励ましが、今のマァムにはとてもありがたかった。


しばらく歩いて、二人は寝床にしている小屋の前に到着した。

「明日こそ奥義を会得しましょう！」

「気持ちは嬉《うれ》しいんだけど、毎日手伝ってくれなくても良いのよ、チウ。自分の修業だってあるでしょう？」

「な～にを言ってるんですか」

チウは小さな肩をすくめた。

「マァムさんの修業を手伝うことだって、充分自分の修業になっていますよ」

「そうなの？」

「ぼくが世に出たら、まず自分より大きな相手と戦うことがほとんどですからね。間合いや動きを観察するだけでも、学べることは山のようにありますよ」

「ふふっ……それもそうね」

マァムに微笑《ほほえ》みかけられ、チウは少し頬《ほお》を赤らめた。

「なあに！　そもそも手伝えるのはぼくしかいないですからね！　たっぷり頼ってください！　はっはっはっ！」

小さな身体《からだ》を目いっぱい反《そ》らせつつ、一足早く自分の寝床に入っていった。

「では！　おやすみなさい、マァムさん」

「おやすみ、チウ」

チウを見送った後、マァムはしかし自分の寝室には入らなかった。

ああは言ってくれたが、ずっと付き合わせてしまうのはやはり忍びない。

マァムは足をくるりと反転させ、再び外へ出て行った。

「はっ……！　はっ……！」

静まり返った夜の修業場に、なにもない空間に向かって、ひたすらに拳を繰り出すマァムのかけ声だけが響く。

技の性質上、ところ構わず試すわけにはいかないが、たとえ素振りであっても、拳に回復系の魔法力を溜《た》め、インパクトの瞬間に爆発させる、その手応《てごた》えだけは摑《つか》めるはずだとマァムは考えていた。

拳に魔法力を溜め。

インパクトの瞬間に爆発させる。

拳に魔法力を溜め。

インパクトの瞬間に爆発させる。

何度も繰り返した。

……できている、と感じた。

突き出す拳の先から、回復系の魔法力がスパークしている。

これまでの修業の成果なのか、素振りの状態ならば、ほぼ確実に成功させられる。その実感はチウとの修業中にも得られていた。

しかし、板を割ろうとすると、なぜか失敗してしまう。

そこにどんな差があるというのか、なにが足りないのか。マァムにはわからなかった。

「苦戦してるみたいだね」

背後から声をかけられ、マァムは動きを止めた。

まったく気配も感じさせずにこの距離まで近づける人物は、マァムの知る限り一人しかいない。

「ブロキーナ老師」

マァムは振り返らずに言った。

「当たりだよーん」

片手でピースサインを作りながら、ブロキーナが応える。

小さな丸い黒眼鏡《くろめがね》をかけ、飄々《ひょうひょう》とした雰囲気を持つ小柄で細身なこの老人が、かつて武術の神様と言われた、マァムの師だった。

「ちょっとだけ、おまえの拳《けん》を見させてもらったよ」

ブロキーナは、いつの間にかマァムの正面にやって来て言った。

現在は数々の持病に冒されて、まともに技を放つこともままならないというが、一瞬のうちに正面に現れた今の動きからは、とても信じられない。

「やはりおまえは逸材だよ、マァム。閃華裂光拳のコツすら、これほど短期間で摑んでしまうなんて」

「ありがとうございます。でも……」

「実際に当てようとすると、失敗してしまう？」

「…………」

無言で頷くマァムに、ブロキーナはニコリと微笑みを返した。

「なぜそうなってしまうのか？　簡単な理由だよ」

片方の手のひらを、すっとマァムの前に差し出す。

「ちょっと撃ってきなさい」

「えっ？　ですが、老師は……」

「なんの。弟子が迷っているときには、病を押してでも道を示すのが師匠の仕事だよ」

ブロキーナの黒眼鏡がキラリと光った。

「……わしって、かっこいい？」

「はっ……はい」

「では撃ってきなさい。あ、ちゃんと本気でね」

そう言われても躊躇《ちゅうちょ》せざるを得ない。

武神と呼ばれた存在とはいえ、風が吹けば飛ばされてしまいそうな細身の老人なのである。しかも持病の影響で、これまで直接指導をすることができなかったのだ。マァムの拳打をまともに受けて、無事で済むだろうか。他ならぬ老師自身が言うことだから、なにか考えがあるとは思われるが……。

「ほらほら、早く」

「はっ、はいっ」

ブロキーナに促《うなが》され、マァムは仕方なく拳を握りしめた。

「行きます……！　やぁぁぁぁっ!!」

目の前に広げられた手のひらに向かって、握りしめた拳を突き出す。

するとブロキーナはゆらりと右に移動し、難なく拳をかわした。

「本気で撃てと言ったはずだよ」

「でっ、でも……」

「それだよ、マァム」

戸惑《とまど》うマァムに、ブロキーナはにんまり微笑んで、人差し指を立てる。

「おまえは、自分の心に鎖《くさり》をかけている」

「心に鎖、ですか？」

「そう。おまえは相手のことを思いやるあまり、致命的なダメージを与えてしまわないように、自分で自分の力を制限しているんだ」

「……！」

図星だと、マァムは思った。

チウと修業をしているとき、彼が構えた板の向こうに見えていたもの……。それは、これまで戦ってきた敵たちの顔だった。

部下であるヒュンケルに裏切られた挙《あ》げ句《く》に、直接対決によって倒されたハドラー。

勝利に執着するあまり、ミストバーンに利用され悲しい最期《さいご》を遂げたフレイザード。

二人とも、その性質は紛《まぎ》れもない悪だったが、しかし悪であるとはいえ、それぞれが受けた屈辱や痛みがどれほどだったかをマァムは考えてしまう。想像してしまううちに、悲しみを覚えてしまうのだ。

倒されて当然の命とは、どうしても思い切れなかった。

「それでいいんだ、マァム」

ブロキーナはゆっくりと頷いた。

「そうでなくてはならない。技の恐ろしさが実感でき、悪にすら同情を抱《いだ》いてしまう優しさがあるおまえだからこそ、わしはこの奥義を授けても良いと思ったのだからね」

「はい……」

「だが、そればかりでもいけない。心の鎖を外さない限り、この技は決して成功しないのだ。今はそれを身につけるときだよ」

ブロキーナはそう言い残し、

「じゃ、頑張ってね」と、スタスタ修業場から出ていった。

「心の鎖を外す、か……」

マァムは師の言葉を繰り返しつぶやいた。

物理的に鎖をかけられているなら簡単だ。その鎖の強度を上回る力で引きちぎればいい。

しかし、心に力を込めることはできない。ならば、どうやって外せばいいのか。

考えているだけでは埒《らち》が明かないと思った。とにかく実践してみなければ。

しかし素振りの状態でのコントロールはできているのである。相手がいる場面で修業しなければ意味がない。

(明日、チウとの修業で試してみるべきね……)

そう考え、マァムは眠りにつくことにした。

だが、翌日――。

「ハァハァ……ごめんなさい……マァムさん……」

小さな寝床から、チウが苦しそうな息をあげながら、すまなそうな視線をマァムに向けている。

「マァムが修業に参加するようになってから、これまで以上に張り切っていたからね。溜まっていた疲れが、一気に出たんじゃろう」

水に濡《ぬ》らした手ぬぐいをチウの額《ひたい》に載せながら、ブロキーナが言った。

チウは急な高熱を出し、起き上がれなくなってしまったのだ。

「面目ない……この程度の熱で動けなくなるなんて……」

「仕方ないわ。私のほうこそ、無理させてごめんなさい」

「マァムさんのせいなんかじゃ……ないですよ……ぼくがだらしないだけ、です……」

やつれながらも、わずかに微笑んでみせるチウ。一緒に修業ができないのは厳しいといえば厳しいが、こうなってしまった以上は、なんとか一人でやってみるしかない。マァムがそう考えていたときだった。

「そうじゃ……。マァム、おまえも今日は修業を休みなさい」

「えっ？」

「おまえもここに来てからずっと動きづめだろう。いい機会だから、ゆっくり羽根を伸ばすといい」

「でっ、でも……」

「休むことも修業のうちだよ、マァム」

ブロキーナは念を押すように言った。

「……ありがとうございます。では、少しこのあたりを散歩してきます」

「うん。そうするといい」

マァムは小屋を出て、周りを囲む森に向かって歩きだした。

＊　＊　＊

とても穏やかな森だった。木々のざわめきと、時折小鳥の鳴き声が聞こえている。獣王が倒れた影響がこの森にも出ているのだろう。魔物の気配も感じられなかった。

そんな森の中を、マァムはひたすらに歩いた。

心の鎖の外し方で頭がいっぱいになっているマァムに、息抜きをするようブロキーナは言ってくれた。

しかし、頭に浮かんでくるのはどうしてもそのことばかりだった。

まだまだ修業が足りないと思いつつ、マァムは考えを巡らせていく。

ブロキーナに与えられた課題で、これほど悩んだのは初めてだった。

他の課題も決して楽といえるものではなかったが、実力を上げればクリアできるという確信のようなものがあった。しかし、今回は問題の方向性が違う。

乗り越えられないのではないか……。不安が、胸に迫った。

「ヒャウッ！」

不意に、森の奥から奇妙な声が聞こえてきた。マァムは足を止め、周囲を見回す。

人間のものだろうか。それとも動物か、あるいは魔物のものか。不意に聞こえてきたために判断がつかない。動物か魔物の鳴き声のようにも、人間の悲鳴のようにも聞こえた。

悲鳴だとすれば、助けに行かなければならない。

とりあえず声の聞こえてきた方向に進もうとすると、続けざまに音が聞こえてきた。

木々が揺れる音。複数の足音。剣のようなものが振り下ろされる音。叩《たた》く音。魔物らしき生き物の叫び声。うめき声。人間のものらしきかけ声——

「なにが起こっているの……？」

胸騒ぎが、マァムの歩調を速めさせる。

ヤブをかき分けて進むと、やがていくつかの動く影が見えた。

そこは、戦場だった。

いや、戦場というにはあまりにも一方的すぎる。

武器・防具を装備した四人の男たちが、それぞれ魔物に攻撃を仕掛けていた。

魔物たちの数は、人間よりもずっと多いが、彼らは反撃しようとせず、ただひたすら逃げ回るのみだった。

おおありくい、しびれあげは、おばけキノコ、キャタピラー、ドラキーなどなど。どれもかつて獣王クロコダインが率いた魔王軍百獣魔団の、それも比較的力のない魔物たちである。

四人の人間はそんな魔物たちを後ろから攻撃し、一方的にいたぶっているように見えた。

「なにをしているの⁉」

マァムの大声に、今にも魔物に一太刀《ひとたち》浴びせようとしていた赤い鎧《よろい》の戦士が振り返った。

「なんだてめえ？　邪魔すんじゃねえ！」

すぐに向き直り、すっかり怯《おび》えて動けない魔物の頭上に剣を振り上げる。

「やめなさい！」

マァムはすばやく駆け寄ると、剣を持つ腕を掴みひねり上げた。

「いててて！　放せ、このヤロー！」

「どうした!?」

他の三人の男たちが、異変に気づいてマァムを取り囲む。

青い鎧に鉄の槍の戦士、稽古着《けいこぎ》に鉄の爪の武闘家、とんがり帽子に杖《つえ》の魔法使いの三人だった。

「とりあえずさぁ、そいつを放してくんない？　お嬢さん」

青い鎧の戦士が、血がこびりついた槍の穂先をマァムに向ける。

「あなたたち、こんなところで一体なにをしていたの？」

「見てわからないの？　残党狩りだよ」

青い鎧の戦士が事もなく応えた。

「二度と我ら人間の街を襲わないように、仕置をしているのだ」

「一匹残らず狩っておかぬと、いつまた襲ってくるかわからんからのう。ケッケケッケッ……」

武闘家と魔法使いが言い合い、気色の悪い笑《え》みを浮かべる。

マァムは眉ひとつ動かさず、赤い鎧の戦士を解放した。

「いッてぇッ！　なんて馬鹿力だ、この女」

赤い鎧の戦士は仲間の三人のもとに駆け寄った。

「たっぷりお礼をしてやるぜ、このクソ女！」

「そうだね。僕もちょっとムカついちゃった」

四人はそれぞれ武器をマァムに向け、四方からジリジリと間合いを詰めてくる。

「待ちなさい。あなたたちと争うつもりは……」

「そちらになくとも、こちらにはある！」

「四対一だぜ、姉ちゃん。ちょっとバカ力だからって自惚《うぬぼ》れやがって。痛い目見させてやる」

男たちは、魔物たちに向けていたのと同じような視線をマァムに向けている。

マァムは次に放とうとした言葉を胸の奥にしまい込んだ。この場は戦うしかない。

決意した直後、武闘家が鉄の爪を振り上げ、「覚悟っ！」と襲いかかってきた。

マァムはその一撃をかわし、同時にみぞおちへ肘打《ひじう》ちを叩き込む。

「ぐふッ」

両膝をかくんと折り、うずくまる武闘家。次にマァムは、その背中ごしに飛んできた青い鎧の戦士の槍をかわし、柄《え》を摑んで持ち上げる。

「うおッ!?」

驚く青い鎧の戦士を槍ごと宙に浮かせ、今まさに杖の先から火球を飛ばそうとしていた魔法使いめがけてぶん投げた。

「ぎゃぷッ!?」

二人は仲良く吹っ飛び、木の幹に身体を叩きつけられる。

「う……あ……」

最後に一人残った赤い鎧の戦士の目の前に、マァムは腰に両手を当てて仁王立《におうだ》ちした。

「一対一になったわよ?」

「ひいッ!?」

赤い鎧の戦士は声にならない声をあげてその場にへたり込んだ。よく見ると、ガタガタと小さく震えている。

マァムの武闘家としての実力が高いのか、この四人が弱すぎるのか。あるいはその両方か……。

ともかく、あっけない完勝だった。

「これ以上、あなたたちと争うつもりはないわ」

マァムは、ようやく聞く耳を持ってくれたであろう赤い鎧の戦士に言った。

「ただ、これ以上罪のない魔物を傷つけるのはやめなさいと言っているの」

「罪のない魔物？」

赤い鎧の戦士は驚いたように目を丸くして、それからクックックックッと喉を鳴らしはじめた。

「そんなもん、いるわけねえだろ！」

「なぜ言い切れるの？」

マァムは拳をぐっと握りしめた。

「ふひっ!?」

赤い鎧の戦士の身体が再びビクッと震える。

「魔物だって、私やあなたたちと同じ、一つの生命《いのち》でしょう？」

マァムの脳裏にあったのは、兄弟子であり、努力家の、今はベッドで寝込んでいる大ねずみのチウの姿だった。

しかし、赤い鎧の戦士はそんなマァムを鼻で笑う。

「魔物の存在そのものが罪じゃねえか」

「あいつらはロモスを襲い……僕たちの街や村を滅ぼしたんだよ？」

「拙者《せっしゃ》の仲間にも、魔物に殺された者は数え切れぬ」

「同じ目に遭《あ》わせてやらねば気が済まん。この気持ち、あんたにはわからんか？」

いつの間にか起き上がっていた他の男たちも、続けざまに言葉を浴びせてくる。

「そっ、それは……」

マァムが言いよどんだ。

男たちの顔は、どれも怒りに満ちている。

「気持ちは……よくわかるわ」

マァムは、握りしめていた拳をそっと緩めた。

家族を殺された経験こそなかったが、獣王クロコダイン率いる百獣魔団の総攻撃によって、残虐《ざんぎゃく》かつ容赦のない悲劇が繰り返されるのを間近で目撃している。気持ちは、痛いほどわかった。

被害に遭った者が復讐《ふくしゅう》の念を抱くのは、ある意味では仕方のないこととも思える。

「でも……、それを行動に移すのは間違ってるわ。ロモスでの争いは、もう終わったの。百獣魔団は解散したのよ。知ってるでしょう？」

「ああ、知ってるぜ。だが、それがどうした？」

「またいつ暴れだすか、わかったものではない」

「やられてからでは遅いんじゃ。魔物の生命より、人間の生命じゃろう？」

「そうね……。この先、魔物たちが二度と人間を襲わないという保証はないわ」

　マァムは絞り出すように言葉を続ける。

「でも、少なくとも今は彼らにその意志はないのよ。一方的に攻撃するのは間違っているわ！」

「ハン。あくまでも魔物の味方ってわけかよ、姉ちゃん」

「違うわ。人間の生命も、魔物の生命も大切というだけよ」

「フン、きれいごとを……」

　両者はしばらく睨《にら》み合った。

　引くわけにはいかないとマァムは思っていた。彼らがわかってくれるまで、何度でも説得するつもりだった。

「お願い。弱いものいじめはやめて。憎しみは、新たな憎しみを生むだけよ」

「チッ……うるせえな、わかったよ」

　赤い鎧の戦士が、降参だというように両手を上げた。

「どうせ力ずくでも勝てねえしな。この場は退散してやるよ」

「ありがとう」

「だが、一人でも魔物に襲われる人間が現れてみろ。あんたに責任を取ってもらうからな」

そんな捨《す》て台詞《ぜりふ》と共に、男たちは地面に置いてあった背嚢《はいのう》や革袋などの荷物を拾うと、ぞろぞろ帰っていった。

マァムは、その背中をじっと見守る。彼らの姿は木々の向こうに消えて見えなくなったが、不安は消えなかった。

自分の言葉は、彼らの心に届いただろうか。引き下がってはくれたが、このまま素直に考えを改めると思うのは楽観的すぎる気もした。

男たちは再び、この森に戻ってくるのではないか。彼らや、彼らの仲間の復讐を果たすために。

一度その現場を目にしてしまった以上、放っておくことはできないと思った。

とはいえ、この広い森を一人で監視するのは不可能だし、修業を中断させて森の警戒に時間を割《さ》くわけにもいかない。どうするべきかと考えているとき、背後で物音がした。

「っ!?」

とっさに振り返るマァムの目の前に立っていたのは、揃《そろ》いの鎧に身を包んだ三人の男だった。

「マァムさん?」

「……ああああああああ！　ムカつくぜ、あの女！」

足元の土を蹴《け》りながら、赤い鎧の戦士が子どものように歩く。

「仕方ないでしょ。君の言った通り、四人が力を合わせたところで、あのお嬢さんには勝てないんだから」

その後ろに続く青い鎧の戦士が、なだめるように言った。

「んなこたわかってんだよ！」

「いい加減、落ち着かれよ。悔しいのは拙者も同じだ」

さらに後ろを歩く武闘家も、いらだちを隠せない様子だった。背中に担いだ空《から》の布袋が、歩みを進めるたびに左右に揺れる。

「このまま手ぶらで帰ったのでは、ただ時を浪費しただけである」

「それは避けたいのう～。ただでさえ老い先短いのじゃし～」

最後尾を預かる魔法使いが、大声でぼやく。

赤い鎧の戦士が立ち止まり、振り返った。

「じゃあ、どうすりゃいいってんだよじじい!?」

「狩場さえ変えれば済むことじゃ」

魔法使いはとんがり帽子を取り、きれいに禿《は》げ上《あ》がった頭を撫《な》でながら言った。

「この森は広い。そうそう再会はせんじゃろ」

「会っちまったらどうすんだ？」

「そのときはそのときじゃが……わしに任せてくれい。考えがある」

「頼りになるね。さすが僕らの知恵袋」

「お主《ぬし》こそ、いい判断じゃったぞ」

「残党狩り……確かにウソではない」

「本当の目的を言っていたら、あの場で殺されてたかもね」

「そうならなかったのは、わしらにもツキが残っているということじゃ」

「これほど大きな儲《もう》け話。見逃《みのが》す手はない」

「うん。僕も同感」

「……てめえら、本気なのか？」

赤い鎧の戦士の問いかけに、三人の男たちは同時に頷いた。

「あの娘も言っておったじゃろ。奴《やつ》らはいつ正気に戻るかわからん。今のうちじゃと思わんか？」

「…………」

赤い鎧の戦士は、しばらくうつむいて考え込んでいる様子だったが、やがて顔を上げる

と、

「だな……！」

世にも邪悪な笑みを浮かべた。

＊　＊　＊

陽《ひ》が落ち、夕方になった。

マァムは一人、森の中を進んでいた。

身体を休められたわけではなかったが、胸のつかえは確実に一つ取れていた。

先ほど声をかけてくれた三人のロモス兵に、赤い鎧の戦士たちのことを話したところ、森の見回りを強化するようロモス王に進言すると言ってくれたのである。

聞けば彼らは、すでに王の命により森を警戒する任務にあたっており、その途中でマァムの姿を見かけて声をかけたということだった。

「陛下は以前、ダイ君たちとの関わりから、デルムリン島の魔物たちの姿を目《ま》の当《あ》たりにしていたのです」

「いつ魔性を取り戻すかわからぬとはいえ、本来、魔物たちは単純な悪ではない。傷つけ合うことは避けなければならない……というのが陛下のお考えです」

「ロモス王……」

マァムは深く感じ入った。

魔物と人間は、わかり合えるはずなのだ。邪悪な意思さえ除くことができれば……。

「この件は我々にお任せください」

「では、マァムさん。ご武運を！」

ロモス兵たちは、マァムに手を振りながら任務に戻っていった。

赤い鎧の戦士たちの件を任せっぱなしにすることに抵抗はあったが、今はその厚意に甘えさせてもらうしかない。チウの具合にかかわらず、明日には修業を再開させなければならないのだ。一刻も早く奥義を習得し、ダイたちの戦力にならなくては。

帰り道を歩きながらそんなことを考えていたときだった。

がさり——木々が音を立てた。

近くに生き物の気配がする。

マァムは立ち止まり、気配の位置を探りはじめた。

人間のものか、それとも……。

やがて、ヤブの中から一匹の魔物が現れた。真っ白な体毛に覆《おお》われた、小さないっかくうさぎである。

「こんなところにいたら危ないわよ。もっと森の奥に……」

マァムが声をかけ、奥へ追いやろうとしたとき、いっかくうさぎは、ネジが切れたかのようにその場に倒れた。

白い体毛で覆われているはずの腹部が真っ赤な血で染まっていることに気づいたのは、その直後のことだった。


「ギャハハハハッ！　もっとだ！　もっと出てこい！」

「狩り放題だ！」

案《あん》の定《じょう》だと、マァムは唇《くちびる》を噛んだ。

マァムに諭されて帰ったはずの四人の男たちが、またも武器を手に木々の間を駆け回っている。

「あなたたち！」

「げっ!?」

駆け寄って、赤い鎧の戦士の肩を摑んだとき、マァムは息を呑《の》んだ。

赤い鎧の戦士はキメラの上に馬乗りになって自由を奪いつつ、片手に握った短剣をその翼に向けていたのだ。

地面に置かれた大きな布袋が、パンパンに膨《ふく》らんでいる。

表面にはことごとく魔物たちの血が滲《にじ》んでいた。その中になにが入っているのか想像したとき、マァムは全身から血の気が引き、頭が真っ白になるのを感じた。

「まさか……」

「あらら、もうご登場かい？」

「こいつはやべえ、逃げようぜ！」

「あなたたち……」

マァムは拳を握りしめた。

キメラの翼は、瞬間移動呪文ルーラと同じ効力を発揮するアイテムとして重宝され、世界各地の道具屋で売られている。

他にも、魔物の角や爪などの部位は、人間たちの間で重宝されていると聞いたこともあった。装備の素材として使ったり、薬やアイテムの素材にしたり……。

「これが……あなたたちの、本当の目的だというの？」

「だったら、どうだっていうんだい？」

青い鎧の戦士が開き直ったようにマァムを睨んだ。

「僕たちは、散々奪われたんだ」

「奪い返して、どこが悪い？」

　武闘家が低い声ですごむ。

「魔物の角や羽根などは、売ればそれなりの金になるのだ」

「このあたりにいるような弱い魔物のものだって、馬鹿にできんのじゃよ」

「チリも積もればなんとやらってやつだな！」

　魔法使いと赤い鎧の戦士が言い合う。

　悪い予感が当たってしまった。それも予想外の最悪な方向で……。

「本当に人間のやることなの？　罪のない魔物たちを私利私欲のために狩るなんて……」

「魔王軍の奴らのせいで、いくつの村や街が灰になったと思ってるんだ！」

「拙者たちは失った分を取り戻しているだけ。正当な行為である！」

「まぁ、ちび──っとは儲けさせてもらうがのう」

「労働に対する対価ってやつさ。当然の報酬だろ？」

　男たちは口々に自《みずか》らの言い分をまくしたてた。

　失ったものを取り戻す。それは彼らの本心なのだろう。しかし一方で、魔物から剝《は》ぎ取《と》った部位で一儲けしたいという気持ちも、隠す素振りがない。復讐と金儲け。二つの強い欲望が男たちを支配していた。

『正義なき力が無力であると同じように、力なき正義もまた無力なのですよ』

不意に、もう一人の師・アバンの言葉が脳裏に浮かんだ。

言葉の意味をよく噛みしめる。今の彼らを止めるには、まさに力しかない。

「もう許さないわよ、あなたたち……」

マァムはゆっくりと構えをとった。

すると男たちは一斉に武器を捨て、両手を上げた。

「おっと、怒らせちまったか。じゃあ、オレたちはここらへんで退散するぜ」

「それでもわしらをやれるというなら、やるがいい。無抵抗のわしらをな」

男たちはマァムに背を向け、荷物をまとめはじめた。

マァムが攻撃してこないと高をくくっているのだ。

思惑通りだった。マァムは構えた拳を振るえない。悪行を犯していたとはいえ、今は無抵抗の人間なのだ。

「ヒョッヒョッヒョッ……言った通りじゃったろ？」

「今度はパプニカのほうへ行ってみようぜ。あそこも勇者サマが解放したらしいから……」

言いかけ、赤い鎧の戦士が固まった。

「どうしたの？」

青い鎧の戦士が、赤い鎧の戦士の肩を揺する。

赤い鎧の戦士は動かなかった。視線がじっと森の奥に向けられている。

「向こうになにかあるの？」

その視線の先に足を向けた、次の瞬間だった。

「うわあああああっ!?」

突然、青い鎧の戦士が断末魔のような叫び声をあげ、胸から大量の血を吹き出しながら、その場に崩折《くずお》れた。

「どうしたっ!?」

魔法使いが、青い鎧の戦士に駆け寄ろうとする。

「ぎゃああっ!?」

しかしその魔法使いも、身体を引き裂かれ、血しぶきと共にその場に倒れた。

その二人の後ろから、巨大な黒い影が姿を現す。

「あれは……!?」

マァムは戦慄せざるを得なかった。

現れたのは、巨大なごうけつぐまだった。

「ウソだろ……！　こんなに強《つえ》え魔物がいるなんて……!?」

赤い鎧の戦士が、その場でわなわなと震えている。

ごうけつぐまは、まさに満身創痍《まんしんそうい》だった。

身体のそこかしこに切り傷があり、そこから血が滴《したた》っている。毛並みは乱れ、大きな二つの瞳は、戦意を失ったとは思えないほど血走っている。そして、心臓あたりに太い鉄の槍が刺さっていた。

「誰だよ!?　あんなのに手を出した奴は!?」

「拙者と、あいつだ……」

震える指先で、武闘家が倒れた青い鎧の戦士を示した。

「一攫千金《いっかくせんきん》だと思ったのだ！　戦意は喪失しているようだったし、二人なら殺《や》れると……！」

「グルアアアアアッ!!」

ごうけつぐまは突進し、その太い腕を武闘家めがけて横薙《よこな》ぎに振り回した。

「ふぎゃっ!?」

武闘家は毬《まり》のようにふっ飛ばされ、木の幹に当たって動かなくなった。

「グルルル……」

　ごうけつぐまは、なおも低い唸《うな》り声をあげながらこちらを睨み据《す》えている。

　槍が刺さった傷口からは、大量の血が吹き出している。明らかに致命傷だった。

「なっ、なんでだよ！　あり得ねえ！　このあたりの魔物は、戦意を喪失したんじゃなかったのかよ……!?」

　赤い鎧の戦士が、世にも情けない震え声でマァムを非難する。

「……恐らく、蘇《よみがえ》ったのよ。人間を憎む心が。仲間があなたたちに襲われ、いたぶられてる間に……」

「そんな馬鹿なっ！」

「グォアアアアアッ！」

　ごうけつぐまは、木々が震えるほどの咆哮《ほうこう》を放ち、赤い鎧の戦士に襲いかかった。

「ひっ、ひぃぃぃっ!?」

　涙と鼻水でぐしゃぐしゃになった顔を恐怖に歪《ゆが》め、必死に逃げる赤い鎧の戦士。

「このぉっ！」

　横から血だらけの青い鎧の戦士が、短剣を投げつけた。重傷を負ってはいるが、致命傷ではなかったらしい。

「ギャアアッ！」

短剣はごうけつぐまの肩口に深々と突き刺さった。

しかし、悲鳴こそあげたものの、ごうけつぐまはそのまま突進し、

「ぎゃぷっ!?」

体当たりによって、青い鎧の戦士は奇妙な叫び声と共に弾《はじ》き飛《と》ばされた。

「グオッ……グオオッ……」

ごうけつぐまが地面に片膝をついた。再び立ち上がろうとするが、なかなかうまくいかない。傷が痛むのか、体力が尽《つ》きかけているのか、動きが明らかに鈍《にぶ》くなっている。それでも瞳は爛々《らんらん》と血走っていた。復讐。憎しみ。恐怖。痛み。苦しみ。瞳の中には様々な感情が複雑に混ざり合っていた。

「こっ、この野郎！」

赤い鎧の戦士は長剣を構えて、片膝をついたままのごうけつぐまと対峙《たいじ》する。

「ふざけやがって！　やってやんよ！」

相手が瀕死《ひんし》のダメージを受けているとわかり、反撃に転じようというのだ。

しかし、赤い鎧の戦士の力量では、どれほどいい方向に転がっても相打ちが良いところのように見える。お互いに傷つけ合い、死闘が繰り広げられるのだ。待っているのは不幸

な結末だ。

「もう、やめて……」

　マァムは拳にはめていた手袋を取った。

「姉ちゃん……!?」

「これを」

　マァムは薬草が入った小袋を赤い鎧の戦士に手渡した。

「仲間の手当てをしてあげて。みんな、かろうじて生きているわ」

「あんたは……？」

「約束通り、責任を取るわ。あの子をどうにかする」

「どうにかって……!?」

「行って。早く！」

　マァムは赤い鎧の戦士を後ろに退け、ごうけつぐまと対峙した。

　彼も充分に苦しんでいる。そして、その苦しみは、息絶える瞬間まで続くだろう。

　解放してやるためには、可哀想だが一刻も早く楽にしてやるしかない。

　ただの一撃で。

　痛みを感じさせずに。

そんな芸当は、ここにいる男たちでは到底不可能だった。しかし、マァムならば……。

あの技さえ決めることができれば、不可能は可能になる。

「ハァァァァッ！」

マァムは、気合いと共に右の拳に力を集中させた。

これまでに成功させたことは一度もない。

今度も成功する確率は極めて低いと言わざるを得ない。

失敗すれば、より強い痛みと苦しみを与えてしまうことになる。

そんな賭けを、この土壇場で行って良いのか……。

『心の鎖を外さない限り、技は決して成功しないよ』

ブロキーナの言葉が思い出された。

心の鎖。

今までは、成功すれば相手を殺してしまうという気持ちがそれをかけていた。しかし、今回は違う。

成功させなければ、相手を苦しめてしまう。

相手を思いやるからこそ、放たなければいけないときなのだ。

マァムは決心を固めた。

これまでとはまったく違う、張り詰めたオーラが、全身を流れ回っていく。

「グォオオオッ!!」

ごうけつぐまは咆哮と共に立ち上がり、両腕を振り上げて突進してきた。

一度も成功したことのないその技を、放てるものなら放ってみろと言わんばかりに。

マァムは地面を蹴って疾走した。

「武神流・閃華裂光拳！」

ごうけつぐまの心臓めがけて拳を突き出す。

ごうけつぐまの太い腕が、マァムの頭から上半身を根こそぎ刈り取ろうと振り下ろされる。

「は――――ッ!!」

マァムの光る拳と、ごうけつぐまの豪腕。

両者の姿が、陽が落ちかかろうとしている森で交差した。

「ぐ……」

一瞬。

ほんの一瞬だけ、早かった。

ごうけつぐまの懐《ふところ》に飛び込んだマァムの光る拳が、その身体に突き刺さるのが。

「グ……オオ……」

ごうけつぐまの心臓に刺さっていた槍が、ごとりと地面に転がった。

マァムの拳から伝わった衝撃は、ごうけつぐまの全身を駆け抜け、その組織をひび割れさせ、隙間《すきま》から温かい回復系の光が無数に放たれた。

「オ……オ……」

ほどなく、ごうけつぐまはその場に倒れた。

「き、決まった……」

今までに感じたことのない、これ以上ない完璧《かんぺき》な手応えだった。

悲劇の連鎖を食い止めたいという強い気持ちが、マァムに閃華裂光拳を会得《えとく》させたのだ。

「し、信じられん……」

「あのでかい魔物を、一撃で……？」

赤い鎧の戦士の手当てを受けたのだろう。座れる程度には回復していた男たちは、口をあんぐり開けて固まっていた。

マァムと視線が合うと、彼らは一斉にビクッと飛び上がり、

「化け物だぁぁぁーっ!?」

どこにそんな体力が残っていたのか、散り散りになって逃げ去っていった。

「ごめんね……」

一人になったマァムの瞳から、涙が溢《あふ》れ出す。

マァムは地面に穴を掘り、そこにごうけつぐまの亡骸《なきがら》を埋め、丁重に弔《とむら》った。

初めて奥義を成功させた達成感よりも、罪のない魔物の生命を奪わざるを得なかった悲しみのほうが上回っていた。

＊　＊　＊

その日の夜。マァムはブロキーナの小屋に戻り、この日起きたことをすべて報告した。

そして翌朝。ブロキーナの見ている前で、閃華裂光拳を放った。

結果は、昨日とほとんど同じ出来栄《できば》えだった。

「この短期間でよく奥義を習得できたね。驚くべき成長だよ、マァム」

「ありがとうございます。老師の言葉のお陰《かげ》です」

こうして、奥義を見事自分のものにしたマァムは、晴れてブロキーナのもとを旅立つことになったのである。

「これからどうするつもりだい、マァム？」

その日の午後のことである。旅立つ準備を整えたマァムを、すっかり回復したチウとブロキーナが見送っていた。

「ロモスで武術大会が開かれるらしいと聞きました。まずはそれに出場して、自分の腕を試してみたいと思います」

「ここで得た力を正しく使うことができれば、必ずいい結果を残せるよ。存分に試してくるといい」

「はい！　では老師、失礼します」

「あ、ちょっと待って」

立ち去ろうとするマァムをブロキーナが呼び止めた。

「チウも一緒に連れて行ってくれ」

ブロキーナは、チウの背中をそっと押した。

「えっ、ぼくを!?」

「おまえも、そろそろ外の世界というものを見てきたほうが良いと思ってのう。どうじゃ？」

「はっ、はい！　マァムさんが良いと言ってくれるのなら、是非に！」

ぱっと輝くようなチウの笑顔に、マァムの頬も緩む。

「私は構わないわよ。一緒に行きましょう、チウ」

「やったー、ありがとうございます！　まぁ、ぼくたち二人が出場すれば余裕ですよ。マァムさんが優勝、ぼくが準優勝ってとこでしょう！」

チウは小さな胸をずずいと張った。

「本当はわしもついていってやりたいところじゃが、持病のまつげキラキラ病が苦しくてのう……ゴホゴホ」

まつげキラキラ病でなぜ咳《せき》を……？　とは思ったが、二人とも口には出さなかった。

「……わしって、情けない？」

「いえ、まったく！」

マァムとチウは、同時に首を横に振った。

それは紛れもない本心だった。少しとぼけてはいるが、頼れる師匠だ。

「大魔王さえ倒れれば、デルムリン島のように、人間と魔物が共存できる世界も実現できるはずです。一刻も早く、それを実現させたいと思います」

マァムが言うと、ブロキーナは小さく頷いた。

「うん、頑張ってね」

「はい！」

こうしてブロキーナに見送られ、マァムはチウと共にロモスへの道を歩きだしたのだった。

第4章 鬼岩城へ

【ヒュンケルの旅】

鬱蒼《うっそう》と木々が生《お》い茂《しげ》る山の斜面を、二人の人物が登っていた。

一人は腰に不気味な拵《こしら》えの剣を吊った細身の男。もう一人は巨大な斧《おの》を手にした、ひどく大柄な男。二人とも、ローブを目深《まぶか》にかぶっているため、その顔を窺《うかが》い知ることはできないが、息ひとつ乱すことなく、斜面に足を繰り出していた。

「ヒュンケルよ……この山を越えればギルドメイン山脈なのだな」

大柄な男に呼ばれた細身の男——ヒュンケルが立ち止まり、懐《ふところ》から地図を取り出す。

「……そのはずだ。疲れたのか？　獣王よ」

挑むようなヒュンケルの問いかけに、獣王と呼ばれた大柄の男——獣王クロコダインは、その巨大な口をニヤリと歪《ゆが》ませた。

「なんの。この程度の山歩きで疲れるようでは獣王は務まらん」

「そう来なくてはな」

「だが、いささか時間がかかりすぎている気がしてな……」

クロコダインの心配も当然というべきだった。

ダイたちと別れてから、すでに相当な時間が経過している。

二人の目的は、ギルドメイン山脈の奥深くにある魔王軍の本拠地・鬼岩城《きがんじょう》に向かい、魔王軍の動向を探ってくることだった。それはダイの仲間のうちでは、元魔王軍六団長の一人だったヒュンケルとクロコダインにしかできない任務であり、だからこそ、自分たちから申し出て行うことにしたのだ。

クロコダインの部下である鳥型の魔物・ガルーダを使って一気に目的地へ向かうことも考えたが、派手に動いて魔王軍に気づかれてしまえば元も子もない。そこで二人はそれぞれロープで姿を隠し、木々の生い茂る山の中をなるべく徒歩で移動することを選んだのである。

「これまでオレたちは、一度も魔物と遭遇していない」

力強い足取りを続けながら、ヒュンケルが言った。

「少なくとも方針は正しかったということだ」

「うむ」

「このまま歩けば、明日の朝にはギルドメイン山脈に入れるだろう。夜通し歩き続ける覚悟はいいか？」

ヒュンケルが足を止めて振り返ると、

「おう。無論だ」

力強く応《こた》えるクロコダイン。

そんな相棒に心強さを覚えつつ、ヒュンケルは目の前にそびえる斜面を見上げた。

「行くぞ」

「待て」

クロコダインの呼びかけに、ヒュンケルは出しかけた足を止める。

「どうした？」

「あれを見ろ」

クロコダインは、今まさに登ろうとしている斜面から少し右にはずれた場所へ指を差した。

「人が、倒れている……」

＊　＊　＊

近づいてみると、それは子どもだった。

年頃は、十代の半《なか》ばといったところか。少年か、あるいは少女か……。うつ伏せに倒れているため、顔を見ることはできない。ところどころ服が破れ、手足には多数の擦《す》り傷や切り傷が見られる。その身体《からだ》は、ピクリとも動く気配はなかった。

クロコダインが悲しげに見下ろす。

「魔物に襲われて逃げているところで、崖《がけ》から滑り落ちたというところか……」

「埋葬してやろう。オレたちにできるのは、それくらいだ」

「ああ……」

ヒュンケルがその小さな身体を抱き起こそうと近づいた、次の瞬間だった。

「うぅ……」

小さなうめき声と共に、指先がかすかに動いた。生きている。声からして少女のようだ。

「うぅぅぅ……」

意識を取り戻したのか、少女のうめき声が少しずつ大きくなる。

クロコダインが、ヒュンケルに視線を向けた。

「どうする？」

見過ごすことはできなかった。

今はかろうじて揺らめいている生命《いのち》だが、このまま放置しておけばやがて消えて失《う》せるのは明らかなのである。早めに手当てしてやらなければ、手遅れになってしまう。しかし、果たして今の自分たちに、なにができるというのか。

クロコダインもヒュンケルも、屈強な戦士である。回復アイテムは一つも持っていない。回復呪文の類《たぐい》も使えない。できることといえば、少女の体力が尽《つ》きる前にどこか手当てのできる場所に運ぶことくらいだった。

相手が生きていようと、死んでいようと、結局できることは同じなのか……。

ヒュンケルがそう自嘲《じちょう》したとき、少女の声が聞こえてきた。

「……にもつ……」

うめき声の中に、かすかに言葉らしきものが聞き取れる。

「わたしの……にもつ……」

ヒュンケルはあたりを見回した。

近くの木の幹に、革の背負い袋が引っかかっている。

ヒュンケルはそれを取り、中身を確認した。

薬草と思《おぼ》しき回復アイテムの束がいくつか入っている。

少女のものだろうか……。

いや、この際持ち主は問うまい。

ヒュンケルは薬草の束を取り、少女の口に含ませようと、うつ伏せだった彼女を仰向《あおむ》けに起こした。

「うぅっ……」

そこで、ヒュンケルは言葉を失った。

「い……たい……」

少女は両の目に大きな傷を負っていた。

両の目を横切るように、真一文字に傷ついている。他よりも、明らかに大きい傷だ。薬草程度で治るものなのか……。いや、結果はどうあれ、やれるだけのことをやるしかない。

ヒュンケルは薬草を少女の口に含ませつつ、目の傷をよく見てみた。

不幸中の幸いか、傷は大きさのわりに深くはないようだった。眼球にまでは達していない。手当てさえできれば元に戻らなくなることはないだろう。ヒュンケルはもう一度背負い袋を取り、中身を検《あらた》めた。

薬草の他に入っていたのは、飲料水の入った革袋に、干し肉などの食料が数日分。火打ち石、鞘《さや》に収まった短剣のような武器が一振り。それに毛布が一枚。この背負い袋の持ち主は、恐らく少女は、何日かこの森に留《とど》まるつもりだったのだろう。一人で？　なんのために？　疑問を浮かべつつ、ヒュンケルは毛布を手に取った。使えそうなものはこれしかない。ヒュンケルは毛布を長い帯のように引きちぎり、そこに薬草を載せて少女の目に巻き、後頭部で結んだ。簡易的な包帯である。これで、応急処置にはなったはずだ。

「ありがとう……」

少女が、礼の言葉を口にした。ほんのわずかだが、顔にも赤みが差している。薬草の効果があったのだろう。

とりあえず生命の危機から救うことはできたか……。ヒュンケルは心の中で安堵《あんど》した。

しかし、依然としてこのままにしておくことはできなかった。目の傷は、明らかに切り傷だった。人間か魔物かは不明だが、何者かの攻撃によってできた傷である。

短剣のようなものは持っていたものの、少女は明らかに戦闘ができるタイプではない。

いや、今の目の状態では、戦うどころか満足に歩くことさえ難しい。

一人でいるところを襲われたら、ひとたまりもないだろう。どこか安全な場所に連れていくしかない。

「君はどこから来た？」

「村……」

「なんという村だ？」

「名前は……ないの。森の中にある……」

山の中にあって、名前のない村……。

「新しくできたから……名前がないの……」

少女が続けて言った。

「わかった。では、その村にはどうすれば帰れる？　道は覚えているか？」

「覚えてるけど……」

少女は言葉を濁した。

「無理だよ……なにも見えない」

悲しげにうつむき、首を振る。

「方角はわからないか？　あるいは、なにか目印のようなものは？」

クロコダインの質問にも、少女は首を振るのみだった。

「わからない……なにもわからないよ……」

今まで当然のように見えていたものが見えなくなったことで、軽い錯乱状態にあるのかもしれない。これ以上聞いても、有効な答えが返ってくるかどうか。

「これでは探しようがない」

クロコダインの言に、ヒュンケルも頷《うなず》いた。

「他の人間に託すほうが確実だろう」

「うむ、そうだな。オレのことなら心配するな。こうしてローブをかぶっていれば、遠目からはなにもわからん」

クロコダインが言い添えた。魔物である彼の姿を普通の人間に見られてしまうと、面倒なことになる。それを案じての発言だった。人に会った時点でクロコダインは姿を隠し、ヒュンケルが対応すれば良い。問題なのは人を探す方法だった。闇雲に山を歩き回るのは時間がかかりすぎる。

「一度、山を降りるぞ。近くの街か村に送り届ける」

「心得た。この状況では、それしかあるまい」

「待って……」

少女がヒュンケルの身体にすがりついた。

「山を降りないで……」

「しかし、このままでは君を村に帰せない」

「歩き回ってれば誰かに会えるよ……お願い、山を降りないで！」

少女は、ヒュンケルを見つめた。

包帯で隠れているため、瞳の様子を知ることはできない。にもかかわらず、気圧《けお》されるような真剣さが伝わってきた。

「半時でいい。村からはそんなに離れてないはずだから、半時も歩けば誰かに会えるよ」

「………」

少女の訴えに、考えさせられる。

確かに……半時で引き渡せるなら、人里に降りるよりは遥かに短時間で済む。

ヒュンケルは少女の言葉に従うことにした。

「半時経って誰にも会えなければ、山を降りる。それでいいな？」

「うん。いいよ」

「君の名前は？」

「ティカ……あんたたちは？」

「オレは……」

「名のるほどもない旅の戦士だ」

ヒュンケルが名乗ろうとしたのを先んじて、クロコダインが答えた。

（オレたちの名がどう伝わっているかわからん。名乗るのは避けたほうがよかろう）

（すまん……）

クロコダインの耳打ちに、ヒュンケルが頷く。自分たちはついこの間まで、人間たちを恐怖に陥《おとし》いれた魔王軍の団長なのだ。名乗らないほうが、無駄な軋轢《あつれき》を避けられるだろう。

「そう……じゃあ、名無しの戦士さんたち。悪いけど、お願いね」

「ああ……」

「ひゃっ!?」

ヒュンケルは少女の身体を持ち上げ、自《みずか》らの腕の中に抱えた。

「行くぞ」

「うん……」


背負い袋は、やはりティカの持ち物だった。

ヒュンケルはティカを腕に抱え、背負い袋を持って、山の中を歩きはじめた。

後方にはクロコダインが続き、周囲の気配を探っている。

時を確認できる道具を、ヒュンケルたちは持ち合わせていない。だが、長年の経験により、おおよその時間の経過を知ることは可能だった。

もうすぐ約束の半時である。

これまで、人影はおろか魔物や動物の気配も現れない。不気味といえるほどに静かな山道だった。

「薬草、使ってくれてありがとね。お陰《かげ》で本当に助かったよ」

ティカはかなり体力を取り戻していた。

「あのままなら宝の持ち腐れだった。あんたたちが通りかかってくれなかったらね」

「運が良かったな」

「そうだね」

ヒュンケルの言葉に、ティカは肩をすくませる。

「目のほうもちゃんと処置してくれたし。これなら、しばらくじっとしてれば良くなるよ」

「わかるのか？」

「うん。村じゃ、わたしが医者みたいなもんだからね。山でいろんな薬草を取ってきて、調合するんだ」

「この山には薬草を取りに入ったのか？」

小さく頷くティカ。

「一人か？　他の仲間は？」

「わたし一人だよ」

「…………」

「もちろん、いつもは仲間と出るんだけど。今日は具合が悪いみたいでね。それで仕方なく、一人で出たんだ」

ティカは少し早口になっていた。

「大漁だと思って調子に乗ってたら、魔物に見つかっちゃってね……もうダメだと思ったよ」

ティカは食料と寝泊まりできる道具を用意していた。何日か泊まり込んで薬草を集めるつもりだったのだろうか。

魔物が出るような森を、ろくな武器も持たずに、たった一人で……。

「あんたたちは？　旅の戦士だって言ってたけど、どうしてこんなところに？」

ティカが無理に話題を変えた。少なくともヒュンケルにはそう思えたが、あえて乗ってみることにする。

「偵察だ」

「偵察？」

「ああ。魔王軍の動向を探る」

「それって、どこかの国の命令？」

「いや、オレたちなりに考えた使命だ」

「そう、なんだ……」

明らかに納得していない様子のティカ。しかし、理解してもらおうとは思っていない。

勇者たちの助けになるのなら、どう思われようと構わなかった。

（そろそろだな……ヒュンケル）

（ああ……）

ヒュンケルとクロコダインは目で合図し合い、同時に足を止めた。

「なに？　どうしたの、二人とも」

「もう半時は過ぎた。山を降りる」

「えっ？」

「オレたちも暇を持て余しているわけではない。残念だが、これ以上付き合い切れん」

クロコダインが言い、足を地上のほうに向ける。ヒュンケルもそれに続いた。

「ちょっ、ちょっと待ってよ！」

ティカが両手でヒュンケルの服を摑《つか》む。

「あと半時、もう半時だけでいいから！」

「なぜそれほどまでに山を降りることを拒む？」

ヒュンケルは、包帯に隠れたティカの目のあたりをじっと見下ろした。

「君は本当に村に帰りたいのか？　それとも、別の目的があるのか？」

「それは……」

（ヒュンケル）

クロコダインが耳打ちをしてくる。

（ああ、わかっている）

ヒュンケルも気づいていた。ティカから視線をはずし、周りに向ける。

気づいたティカが、怪訝《けげん》そうに首をかしげた。

「どうしたの？」

「静かに」

ティカの口をそっと片手で押さえつつ、気配を探った。

ヒュンケルたち三人を取り囲むように、邪悪な気配が感じられる。それも一つや二つではない。

「もしかして……」

同じものを感じたのか、ティカが身をこわばらせる。

「じっとしていろ」

大丈夫だというように、軽く頭に触れる。

次の瞬間、近くの木々が揺れ、気配の主《ぬし》がその姿を現しはじめた。

「……!?」

次々と姿を現す魔物たち。

やはり数が多い。
一、二、三……ざっと数えても十匹は下らない。
しかし、ヒュンケルが驚いたのは数ではなかった。

（なぜ、こいつらが……）

魔物たちの約半分は、スライムやおおありくいなど、通常の森に出る種族だった。

しかし、残りの半分は……がいこつ剣士、アニマルゾンビなど――紛《まぎ》れもなく、ヒュンケルがかつて団長を務めていた不死騎団《ふしきだん》の配下の魔物たちだった。

（不死騎団は壊滅したはずだ。その魔物たちがなぜここに……？）

考えても、答えは出てこなかった。

ティカは見えないながらも気配を感じ取ったのか、ヒュンケルにじっと抱きついている。

「魔物でしょ？　何匹いるの？」

「見えていないのなら、知らないほうがいい」

「降参したほうがいいんじゃない？」

ティカの声は、どこか弾《はず》んでいる。

「そんなにたくさんの魔物が相手じゃ、かないっこないよ。ね、悪いことは言わないから、降参しよう。そうすりゃ生命だけは助かるかも……」

「心配するな」

ヒュンケルはティカを降ろし、背負い袋と共に近くの木の幹に寄りかからせた。

「すぐに済む。ここでじっとしていろ」

ヒュンケルが背後を見せた瞬間、近くにいたがいこつ剣士が剣を振り上げて襲いかかってきた。

「ぐぎゃっ!?」

悲鳴をあげたのは、がいこつ剣士のほうだった。

がいこつ剣士が振り上げた剣よりも早く繰り出されたヒュンケルの鎧《よろい》の魔剣が、その胴体を貫いていたからだ。

「鎧化《アムド》!」

ヒュンケルは叫び、魔剣に装着されている鎧を自らの身に装着する。

「うなれ、真空の斧よ!」

クロコダインはすでに真空の斧を手に、向かってくる魔物を蹴散《けち》らして回っていた。

「片付けるぞ!」

「ああ」

ヒュンケルも魔剣を手にその渦中へ飛び込み、目についた魔物に片っ端から剣を振るった。聞こえてくるのは、彼ら二人の武器が振るわれる音と、魔物の悲鳴だけ。わずかばかりの時が経つ間に、それもまったく聞こえなくなった。

「……まさか」

ティカがつぶやく。

「倒したの？　全部」

その圧倒的な実力差は誰が見ても明らかだったが、見えなくても充分に伝わっているようだった。

「怪我《けが》はないか？　ティカ」

ヒュンケルがティカを再び抱き上げ、背負い袋を手にした。

「うん……」

「行くぞ」

ヒュンケルは斜面に足を向ける。このまま山を降りてしまおうというのだ。

「待ってよ」

ティカが、ヒュンケルの喉元を見つめた。

「あんたたち、強いんだね」

「あの程度は敵のうちに入らん」

「なるほどね。そんなに強いなら……」

ティカの身体から、邪悪な気配が漂いはじめる。

「初めからこうすりゃ良かったんだ」

「………」

ヒュンケルがじっと見下ろす。その視線の先には、鋭く光るナイフ。

あの背負い袋の中に入っていたものだ。

ティカがナイフを握り、ヒュンケルの喉元に突きつけていた。

「いくつもの毒草を調合したものを塗り込んだ特別製のナイフだ。刃に少しでも触れたらこの世とおさらばできるよ」

ナイフの切っ先が鈍《にぶ》く光る。確かに、なにか油のようなものが塗られている。

「いくらあんたたちが強くて、こっちの目が見えなくたって、簡単にはやられないよ」

「やはり、ただ薬草を取りに来たわけではないということか」

ヒュンケルは冷静に言った。

「教えてくれ。君の本当の目的を」

「簡単なことだよ」

ティカはにやりと口元を歪ませた。

「あんたたちのうちのどっちか一人を、魔物にさらわせる」

「なに？」

「で、残ったもう一人とわたしが、その後を追いかける。それだけだよ」

「それだけでいいのか」

「ああ。簡単でしょ？」

「それは目的ではなく、手段だ」

「いたっ！」

ヒュンケルはティカの手首を軽く叩《たた》く。ナイフは簡単にティカの手から離れ、地面に突き刺さった。

「教える気がないなら、それでいい」

ティカを降ろし、あたりの木の幹に寄りかからせる。

「あれ？　ちょっと……」

「なにを企んでるか知らんが、オレたちはもう関わらん。後は勝手にしろ」

「いたいけな少女を、魔物が出る森に置き去りにするっていうの？」

「人を魔物にさらわせようとする人間が、いたいけか？」

ヒュンケルは地面に落ちたナイフを背負い袋の中に戻し、ティカの近くに置いた。

「いざとなったら戦え。君には武器がある」

「ちょっと！　待てってたら」

「さらばだ」

ヒュンケルはティカに背を向け、クロコダインを伴って立ち去ろうとする。

そこに怒号が聞こえてきた。

「なにさ薄情者！　バカ！　鬼！　鬼畜！　こんなにかわいい女の子の願いひとつも叶えられないで、なにが旅の戦士だよ！」

「散々な言われようだ」

クロコダインが苦笑する。

「このまま本当に置いていくつもりか？」

「オレたちには時間がない」

「だが、いくら強力な武器を持っているとはいえ、あの子は少女で、しかも満身創痍《まんしんそうい》の状態だ。魔物に襲われたらひとたまりもないぞ」

「……仕方ない」

ヒュンケルはティカに近づいていき、再びその身体を持ち上げて肩に担ぐ。同時に背負い袋を取り、クロコダインに投げて渡した。

「やはり山を降りる」

「うむ。それしかあるまい」

「ちょっと！　なに勝手に決めてんの？」

ティカの抗議を無視して、ヒュンケルとクロコダインは歩きだした。

「バカ！　放してよ！　ねえ！　放せったら放せ！」

ティカは散々に暴れるが、ヒュンケルはものともせずに歩みを進めていく。

「あんたたちが手伝ってくれなくったって、わたしは諦めないんだからね」

「勝手にしろ」

「この目が見えるようになったら、やってやる！　絶対、仕留めてやるんだ！」

無視して歩くヒュンケル。

ティカはさらにわめき散らした。

「だって、これはチャンスなんだよ？　できなかった復讐《ふくしゅう》を果たすチャンス。絶対に、逃《のが》さない！」

ヒュンケルは、はたと足を止めた。

面食らったらしいティカが、びくっと身体を震わせる。

「なっ、なに？」

「復讐が、君の目的なのか」

「手伝ってくれるの？」

ティカの声が明るく弾んだ。

さっきまでのわめきがウソのようである。

「内容を聞いただけだ」

「なら教えない。手伝うって言うまで」

「話にならん……」

ヒュンケルは閉口し、また歩きだそうとした、そのときだった。

「ティカ！」

森の中から声が聞こえてきた。

木々を揺らしながら、何者かがこちらに近づいてくる。

「げっ！」

ティカが息を呑《の》んだ。

やって来たのは、二人の男だった。

「良かった、やっぱりティカだ！」

「心配させやがって！」

一人は壮年の男。一人はティカと変わらないくらいの少年だった。

男たちはさらに近づいてきて、顔色を変える。ティカが怪我をしていることに気づいたのだ。

「その怪我は……」

少年のほうがティカに駆け寄り、包帯が巻かれたティカの顔を両手で摑む。

「目をやられてるじゃないか！　大丈夫なのか？」

「大丈夫だよ！　放せ！」

ティカが少年の手を振りほどく。

もう一人の壮年の男が、ヒュンケルのほうを向いた。

「あなたが手当てをしてくれたのですか？」

「ああ……」

「ありがとうございます！」

少年がヒュンケルの両手をがしっと摑んだ。

「ありがとう……ほんとに……」

「いちいち泣くなよ、バカ」

ティカが口を挟むと、少年の顔がみるみる真っ赤になっていく。

「バカやろう！　誰のせいだと思ってるんだ！」

「旅の方。一体、なにがあったんです？」

壮年の男が真剣な表情をヒュンケルに向ける。

「詳しくは知らない。森の中で倒れていたのを見つけたんだ。崖から落ちたらしい」

「山には薬草を取りに入ったと言っていたぞ」

背後からクロコダインが補足する。

「なんだって？」

少年が睨《にら》むと、絵に描いたような知らん顔でそっぽを向くティカ。

少年の視線が、さらに怒気をはらんだ。

「今日は当番じゃないはずだよな？」

「そうだったかな」

「とぼけんな！　勝手に抜け出しやがって！」

少年が摑みかからんばかりの勢いで怒鳴る。ティカは村の者に黙って出てきたようだった。恐らくは、復讐のために。

「大声を出してはいけない。奴《やつ》らに見つかってしまうぞ」

「すっ、すみません！」

壮年の男にたしなめられ、少年が手で口元を押さえる。

「とりあえず、連れて帰ろう。旅の方、彼女をこちらに」

「ああ」

二人はヒュンケルからティカを受け取ると、そのまま担ぎ上げた。

「帰ったらたっぷり訳を聞かせてもらうからな」

「好きなだけ訊《き》けばいいよ」

「旅の方々も」

ティカを担いだまま、壮年の男がヒュンケルに顔を向けてくる。

「申し訳ないが、一緒に来ていただけませんか。手当てをしてくれたお礼もしたいし、お話も伺いたい」

クロコダインがローブの奥からヒュンケルへ視線を向ける。

その鋭い瞳が「どうする？」と訊いていた。

旅を急ぐ身ではある。しかし脳裏に浮かんだのは、復讐に燃えるティカの声だった。

両目が包帯に巻かれているため表情を窺い知ることは難しかったが、怒りと憎しみに満ちたあの声から感じ取れる決意には、大いに覚えがあった。

かつての自分――父バルトスを殺したアバンに対して発した自分の声によく似ている気がしたのだ。

「……わかった。行こう」

ヒュンケルは小さく頷き、前を行く少年たちの後に続いて進みはじめた。

＊　＊　＊

少年たちは、二人がかりでティカを抱えながら森を進んでいく。

しばらく歩いて道をそれ、ヤブの中に入っていった。

クロコダインは一番後ろからついて来ていた。しんがりを守る意味合いもあるが、目が見える二人に正体が知られてしまうのを避けるためでもあった。

ヤブをしばらく進むと、その先の草木が小さくくり抜かれていた。洞窟《どうくつ》の入り口のようにぽっかり口を開けている。

「村はこの先です」

少年――エルダーというらしい――が、穴の先に指を差して言った。

「魔物に見つからないように、入り口をできるだけ小さくしているんです」

壮年の男――こちらはソレルというらしい――が、申し訳なさそうに後方のクロコダインを示した。

「だから……ここまで来てもらって悪いんですが、そちらの身体の大きなあなたは……」

「気にするな。ならばオレは、このあたりの守りにつくとしよう」

クロコダインはローブの奥でほっと息をついていた。

村の外にいることができれば、多くの人の目に触れてボロが出るのを防げる。かえって好都合だった。

「では、先を急ぎましょう」

ソレルに促され、ヒュンケルは草木の洞窟をくぐっていく。

少し進むと、目の前がいきなり開けた。

「着きました」

洞窟を抜けた先にあったのは、入り口の狭さからは意外なほどの広い空間だった。

山の斜面に木に葉をかぶせた粗末な家々が点々と建っている。数は意外と多いようだ。

周りの木々には、農具や生活用品が立てかけてあり、家と家の間が申し訳程度に耕されていた。

それは確かに村と呼べる光景だった。ティカの言ったことは、この点に関してはウソではなかったのだ。

しかし、行き来している人々は老人や子どもばかりで、多くの人がどこか怪我をしていたり、生気のない表情をしたりしていた。男性の、まして働けるような若い男性の数は少ない。

その数少ない男性の二人であるソレルとエルダーは、ティカを抱えながら奥にある家の中に入っていった。

後を追おうとして、足を止めた。

前のでこぼこ道を、老婆が横切ろうとしていた。

おぼつかない足取りで、よろよろと進んでいる。その行く先に、地面に現れた木の根が見えた。危ないと思った次の瞬間、老婆は木の根に足を取られ、地面に吸い寄せられる。

「……ありがとう。旅の方」

ヒュンケルはすばやく老婆に駆け寄り、その身体を受け止めていた。

「いえ……」

ヒュンケルが頭を振ると、老婆はにっこり微笑《ほほえ》んで、

「あなたに幸福が訪れますように」

と言って、でこぼこした地面を再びゆっくりと歩きはじめた。

ヒュンケルはその背中をじっと見送る。

「どうしてこんなところに住んでるのか、という顔をしていますすね」

真横から女性の声がした。

村人らしき中年の女性が、ヒュンケルに話しかけてきていた。

「こんなところでも、住めるだけありがたいことなのです。行き場のない私たちには……」

「……どういうことです?」

「逃げてきたんですよ。住んでいた街や村を、魔王軍に襲われて……」

「…………」

ヒュンケルは言葉を失った。

「ここは、帰る場所をなくした人間たちが寄り集まってできた村なんです。みんな、自分にできることを少しずつ分け合いながら暮らしています。故郷にいたときよりは遥かに厳しいですが、なんとか生きてはいけます」

女性は、遠くに見える森の、そのさらに先を見つめる。

「まだ無事な国に行くことも考えました。しかし、私たちはともかく、年老いた人や子どもたちには遠すぎるし、いつ魔物に襲われるかもわかりません。そんな危険を冒すより、少なくとも魔物からは身を隠すことができるこの村にいることを選んだのです。みんなで生きるために」

「他に、この村のようなところは？」

「よくわかりません。でも、きっとあると思います。魔王軍に滅ぼされた街や村はまだまだたくさんあるはずですから」

「………」

ヒュンケルは顔を殴《なぐ》られたような衝撃を受けていた。

戦いの片隅には、いつもその犠牲になる人々がいる。彼らはこれ以上巻き込まれないように身を隠し、小さく息をひそめながら、ただひたすらに戦いが終わるのを待っている。これが、不死騎団長として魔物どもを指揮し、殺戮《さつりく》と破壊を繰り返してきたことの結果だった。

不死騎団の剣に倒れたのは、歯向かってきた者たちだけではない。ヒュンケル自身は逃げる者に刃《やいば》を向けたことはないが、激しい戦いの中、なんの罪もない、抵抗するつもりのない、ただ日々を穏やかに過ごしたいと願っていた者たちの犠牲を失くすことは不可能だった。

生命を失った者の人生はそれきりで打ち切られ、運良く生きながらえた者も、願いとはかけ離れた厳しい日常を過ごさなければならない。

ヒュンケルは、その現実をまざまざと見せつけられたのだ。


「こんなに怪我をして……でも、良かった……」

「痛いよ、おばさん……」

エルダーたちが入った小屋の中では、痩《や》せた中年女性がティカをきつく抱きしめていた。

ヒュンケルが入ってきたことに気づいたエルダーが、片手で示す。

「おばさん、この人です。ティカを助けてくれたのは」

おばさんと呼ばれた女性はティカを放して立ち上がり、ヒュンケルに向かい合った。

「ありがとうございます」

深々と頭を下げる女性。

ヒュンケルは軽く応じ、「ティカ」と呼びかける。

「話してくれ。森にはなにをしに行った？」

「…………」

ティカは口をきつく結んで動かない。話すつもりはないようだった。

その様子を見た女性の表情が、みるみる青ざめていく。

「あんた、まさか……まだバカなこと考えてるんじゃないでしょうね」

女性はティカの両肩を摑んだ。

「バカなこと、だって？」

エルダーが鋭い剣幕をティカに向ける。

「おまえ、やっぱりなにか企んでたんだな！」

「違うよ」

ティカは首を振った。

「なにも企んでない。ほんとだって」

「そのバカなことというのは、復讐というやつのことか？」

ヒュンケルの言葉に、ティカが小さく舌打ちをする音が聞こえた。

「あのとき、君は言った。復讐を果たすために、オレたちに手伝いをしてほしいと」

「それは……」

「ほうら、やっぱりだ！」

女性は摑んでいたティカの両肩に力を込めた。

「突拍子もないことを考えるのはやめなって、そう言ったじゃないか！」

「あいつは絶対にこの森に来てる！」

ティカは包帯にまみれた顔を女性に向けた。

「これはチャンスなんだよ？　わたし一人でもやれるけど……聞いてるでしょ？　名無しの戦士さん」

ティカはきょろきょろとあたりに顔を向けながら続ける。

「あんたたちに手伝ってもらえれば確実にやれるんだ！　手伝ってよ。お願い！」

「無駄なことはやめておけ」

ヒュンケルは冷静に応えた。

「仮に復讐が成功したとして、それがなんになる？　せいぜい君の気分が晴れるだけだ。それだけの闘志があるのなら、もっと別のことに目を向けるんだな。君を愛してくれる人たちのために」

「ふざけんな！」

ティカは立ち上がった。

ヒュンケルの声がしたほうに身体を向け、おぼつかない足取りでふらふらと詰め寄ってくる。

「あんたになにがわかるっていうんだよ！　なんにもわかんないくせに！」

（わかるさ。痛いほどに……）

ヒュンケルは心の中でつぶやいた。

やはり昔の自分を見ているようだった。

今のティカは復讐にとらわれている。

目を覚ましてやらなければ、救い出せなくなってしまう。

あのとき、復讐の沼の底に沈み込みそうになったヒュンケルを、すくい上げてくれた人がいた。

マァムのお陰で、ヒュンケルは今こうして正義のために立ち上がることができている。

今度は自分が、その役目を果たすときなのかもしれない。

しかし、果たして自分にその資格があるのだろうか？　多くの戦いによってこの手を汚してきた自分に……。

「たっ、大変だぁ！」

ヒュンケルの自問は、小屋に入ってきた村人たちの大声にかき消された。

「どうしたんです？」

ソレルの問いかけに、小屋に入ってきた男は膝《ひざ》から落ちて力なく声を出した。

「また、やられた……」

小屋の外に出てみると、数人の人だかりができていた。

その真ん中で、男が大の字に倒れていた。

身体中から汗を噴き出させ、大きく息をついている。

エルダーとソレルがその男に駆け寄って、身体を起こした。

「大丈夫か?」

「おらはなんとか。でも、一緒に行った二人は……」

「そんな……ミントスとハーブスが……」

「すまねえ。おら、自分だけ逃げるのが精いっぱいで……」

「気にしないで。よく帰ってくれましたね。もう大丈夫です。水ならまだありますから、ゆっくり休んでください」

ソレルは汗だくの男を村の奥へ連れていった。

「くそっ!　またか……」

エルダーが悔しげに足で地面を叩く。

「仲間が魔物にやられたのか?」

ヒュンケルの問いかけに、エルダーは頷いた。

「もうダメだ……村を捨てるしかない」

「なんだって!?」

エルダーの一言に、集まっていた村人たちがざわめきはじめる。

「そんな……せっかく家もできたっていうのに……」

「遅かれ早かれ、ここも魔物どもに嗅《か》ぎつけられる。そうなったらおしまいだ」

「私たちはまだいいわ。でも、お年寄りや子どもたちは……」

「頑張って逃げてもらうしかない。どのみち、ここにいたら全滅だ」

「そんな……！　どうして……」

村人の一人がその場に泣き崩れた。

エルダーは悔しげに両の拳《こぶし》を握り込む。

「くそう……不死騎団め……」

「なんだと……？」

ヒュンケルは思わず声をあげた。

「どういうことだ？」

両手でエルダーの服を摑み、

「この山にいるのは、不死騎団なのか？」

突如として豹変《ひょうへん》したヒュンケルの態度に、エルダーは目を白黒させる。

「オレにもわかんないですよ！　でも、みんなの話じゃ、人さらいをしてるのは、不死騎団の魔物だって……」

「人さらい、だと……？」

「少し前までは、こんなことはなかったんです……」

若い女性の村人が、疲れ切った顔を向けてくる。

「この村ができた頃は、魔物も少なくて……、出たとしても、男の人なら退治できるような、弱い魔物ばかりでした。でも最近になって……そんな魔物たちより凶暴ながいこつやゾンビの魔物が現れるようになったんです……」

ヒュンケルたちを襲った魔物の群れにも混ざっていた、がいこつ剣士やゾンビ。彼らは確かに不死騎団に所属していた魔物だった。普段は夜の闇を好む彼らが昼間の山に現れるのは、考えてみれば明らかに異質である。

「がいこつの奴ら、おらたちを襲って、どこかへさらっていくんだ。きっと餌にされるんだ……」

「いや、殺して仲間にしてるに違いねえ！」

「ちくしょう！　不死騎団は勇者様に滅ぼされたって聞いてたのに……どうして……」

下を向く村人たちに、ヒュンケルは言葉をかけることができなかった。

不死騎団は確かに壊滅した。それは元団長だったヒュンケルがこの場で勇者ダイのために行動していることからも明らかである。しかし、配下の魔物が全滅したわけではない。少なくともヒュンケルはそれを確認していない。

もし生き残った骸《むくろ》の群れを何者かが束ねているとすれば……。骸たちを指揮し、何らかの目的のもとに村人たちをさらっているとすれば……。

それは、その何者かの手によって蘇《よみがえ》った、新しい不死騎団ということになる。

「こうなったら、早いほうがいい。村のみんなに伝えるんだ。今すぐ荷物をまとめるようにって」

エルダーの言葉に、村人たちは困惑と焦りの表情を浮かべた。

「でっ、でも……」

「村を捨てる必要はない」

ヒュンケルがゆっくりと口を開いた。

その場にいた村人たちの視線が、一斉にヒュンケルに集まる。

「どういうことですかな、旅の方」

「おらたちの事情をわかって言ってるのか？」

「村を捨てる必要はない」

もう一度同じ言葉を放つと、ヒュンケルは魔剣の束に手をかけた。

「不死騎団は、オレが倒す」


それからヒュンケルは村を出て、周囲の守りについていたクロコダインと合流した。

「なるほど、まさか不死騎団が再興しているとはな」

「誰が率いているか知らんが、オレが片を付ける」

「うむ。無論、オレも加勢させてもらうぞ」

「頼む」

「しかし、どう動く？」

クロコダインの問いかけに、ヒュンケルは小さく頷いた。

「魔物たちは、村の人々を襲い、さらっているらしい」

「さらうだと？　なんのために？」

「わからん。だが、その場で手を下さないことには、意味があるはずだ」

「仲間のもとへ持ち帰っている……。どこかに奴らの根城《ねじろ》があるということだな」

「ああ。そこに乗り込んで、一息に叩く」

「場所の見当はついているのか？」

「いや……だが、奴らは陽《ひ》の光が当たらない洞窟のような場所を好む。村人たちによれば、村の近くにそういう洞窟がいくつかあるらしい」

「なるほど。ではその洞窟を、しらみつぶしに探すか」

「そうするしかない。時間はかかるだろうが……」

「うむ……もはや乗りかかった船だ。完全に解決してしまったほうが、むしろ近道だろう」

そう言いつつ、クロコダインは背後の茂みに視線を向ける。

「何者だ？」

気配はヒュンケルも感じていた。

茂みの中に動きはないが、確かに何者かがいる。

ヒュンケルは、クロコダインと共に視線を向けた。

「そこにいるのはわかっている。出て来い」

茂みは未《いま》だ答えを返さない。

仕方ないといったようにクロコダインが斧を構えると、茂みがもぞもぞと動きはじめた。

「君は……」

現れたのは、ティカだった。

「その目で、どうやってここに来た？」

「オレが連れてきました」

後から出てきたのは、ティカと同い年くらいの少年・エルダーだった。

「ティカがどうしても、あなたに頼みがあるって……」

「話は聞かせてもらったよ。不死騎団の根城を潰すんだって？」

ティカが一歩、前へ進み出た。

「そうだ。帰れ。危険だ」

「わたしも連れてってよ」

「バカな。なんのために？」

「とっくに知ってるはずだろ？　復讐だよ」

ティカが一人で森を歩いていたのは、復讐を果たすため。だが、一体誰に、なんの復讐を果たすつもりなのか。なにも聞かされていない。

復讐の相手は、不死騎団の魔物なのか。

「オレからもお願いします」

今度はエルダーが頭を下げた。

「オレたちがなにを言っても、こいつは一人で勝手に動きます。お二人と一緒にいたほうが安全なんです」

「雑魚《ざこ》はあんたたちに任せるよ。でも、親玉だけはわたしにやらせてほしいんだ」

「危険すぎる。その目では、守り切れる保証はできない」

「守ってくれなんて言わないよ。刺し違えたってやってやる」

ティカは懐からなにかを取り出した。

毒が塗られているという、例のナイフだった。

「こいつさえあれば、相手がどんなに強くたって……」

「不死騎団の魔物は死霊だ。仮にその刃が触れたところで、効果はない」

「あるさ」

ティカは、ナイフの切っ先をまっすぐ前に突き出した。

「だって不死騎団の団長は、人間なんだろ？」

「……！」

「許せない。人間のくせに魔王軍の味方になるなんて……あいつのせいで、わたしの父さんや母さんも……」

「ティカ。まさか、おまえの復讐の相手というのは……」

クロコダインの問いかけに、ティカは大きく頷く。

「ああ。不死騎団長のヒュンケルって奴さ」

＊　＊　＊

ヒュンケルとクロコダインは、村人に教えてもらった洞窟のある場所まで歩みを進めた。

二人の真ん中に、エルダーに背負われたティカが続く。

「ねえ、どうしたのさ。さっきからむっつり黙っちゃって」

ヒュンケルは一言も喋《しゃべ》らず、ひたすら目的地を目指すのみだった。

「なんか気に障《さわ》るようなこと言った？」

「こいつは自分自身に怒っているのだ」

最後尾から、クロコダインが代わりに答える。

「君たちに危険を冒させ、巻き込んでしまったことに」

それは確かにウソではなかったが、真実をすべて語っているわけでもなかった。

「そんなの……どう考えたって、わたしたちのせいじゃないか。変な奴だね、あんた」

あのとき……。ティカによって、復讐の相手の名前が語られたとき。ヒュンケルはすぐに自分の名前を明かそうとした。自分こそが不死騎団長のヒュンケルだ。君の復讐の相手だと。

しかし、それはクロコダインに制されていた。

「話してどうなる。それよりも新しい不死騎団とやらを潰し、みんなが安心して暮らせる森を取り戻してやることだ」

ヒュンケルはその言葉に従ったのだった。

確かに、ここで真相を語ったところで、村に迫る脅威が消えるわけではない。せいぜい、ティカの心が晴れるだけだ。

それは、以前ヒュンケルがティカに語ったことだった。


新不死騎団の根城らしき洞窟は、すぐに見つかった。

がいこつ剣士たちが数体、警備のためかあたりを見回っていたからである。

ヒュンケルはそれを手早く倒し、洞窟に入った。

内部は、思いがけないほど拡張されていた。

通路は明らかに人の手によって整備され、篝火《かがりび》を据《す》え付けるための金具が点在し、階段で上下のフロアに移動できるようになっている。

「この洞窟は……」

クロコダインが疑問を口にしたとき、エルダーが通路の先を指差した。

「あそこ！」

エルダーの指の先には、人間が倒れていた。

「ミントス！　良かった！　生きてたんだな！」

「え、エルダーか……」

「助けに来たぞ。なにがあった？」

「うぅ……がいこつにさらわれて、ずっと働かされていた……」

「やはり、この洞窟は人間によって作られていたのか」

「なんのために？」

ティカが首をかしげる。

「不死騎団の再興だよ」

洞窟の奥から、何者かの声が響いた。

同時に、闇の中からがいこつ剣士が現れる。一体、二体、三体……まるで闇の奥から生み出されるように、その数を増やしていく。

「ククク……このアジトを見つけるとはな」

闇の奥から聞こえてくる声が近くなり、一回り大きな影が、がいこつ剣士たちの隙間《すきま》から顔をのぞかせる。

「ヒュンケルッ！」

ティカが叫び、ナイフを前方に突き出して突進した。

目が見えていないとは思えない。いや、だからこその思い切りの良さで、聞こえてきた声のほうに一直線に駆け、刃を突きつける。

しかし、それは金属に当たる高い音と共にあっけなく弾《はじ》かれた。

「わざわざ助けに入るとは、間抜けな人間どもだぜ！」

大きな影の主が姿を現した。

立派な兜《かぶと》と鎧を身に着け、片手には無骨な剣を持ち、もう片方の手には大きな盾《たて》を構えている。それは、がいこつ剣士より上位の魔物、スカルナイトだった。

スカルナイトの剣が、ティカのナイフを振り払ったのだ。

「ヒュンケル？　知らねえ、なあ！」

「うぐっ!?」

スカルナイトは盾を振り回し、ティカが壁面に吹き飛ばされる。

「この野郎！」

エルダーが剣を抜きつつ向かっていくが、スカルナイトはその剣を簡単に盾で受け止めた。

「オレサマは新生不死騎団の団長、スカルナイト様だぁ！」

「あ……あ……」

高々と剣を構えるスカルナイト。

恐怖のためか、エルダーはまったく動こうとしない。

「死ねぇ！」

頭上に振り下ろされた剣が、まさにエルダーの額《ひたい》を捉えようとした、次の瞬間――繰り出された鎧の魔剣が、その一撃を跳《は》ね返《かえ》した。

「そのくらいでやめておけ」

「ああん？　どっかで見たことあるな、てめえ」

「団長の顔を忘れたか？」

ヒュンケルに言われ、スカルナイトは初めてその顔をまじまじと見つめる。

「おお、こりゃあ驚いた！　本物のヒュンケル様じゃあねえですか」

「万事休すか……」

クロコダインがつぶやき、天を仰いだ。

一方、スカルナイトは揉《も》み手《て》をしながらヒュンケルに愛想笑いを向けている。

「嫌ですよぉ、ヒュンケル様。生きてるなら生きてるって、教えてくださいよ」

「こんなところでなにをしていた？」

「へい。人間どもを使ってアジトを建設してたんでさあ」

スカルナイトは得意げに肋骨《ろっこつ》を反《そ》らす。

「この地下アジトが完成した暁には、不死騎団復活をバーン様にご報告しようと思いまして」

「今すぐ人間たちを放せ」

「へいへい、かしこまりやした。今すぐに……って、できるわけねえだろ！」

スカルナイトの剣がすばやく疾走してきた。

ヒュンケルはそれを紙一重でかわす。

「残念だったな！　てめえの動向はすべて知ってるんだよ、この裏切り者が！　人間のくせに偉そうにしやがって。前から気に入らなかったんだ！　ここで会ったが百年目。てめえを血祭りにあげて、バーン様への手土産《てみやげ》にしてやる。野郎ども、やっちまえ！」

剣を高らかに掲げて叫ぶスカルナイト。しかし、その声は洞窟の中に虚《むな》しくこだまするのみだった。

「あれ……？」

「野郎どもというのは、この骨どものことか？」

クロコダインが斧を一振りし、風を巻き起こす。

その場に散らばっていたがいこつ剣士の残骸《ざんがい》が舞い上がり、天井にぶつかってバラバラと落ちた。

「げえっ!?」

「これ以上、恥を重ねるな」

ヒュンケルはゆっくりと剣を構え、一閃。

「うっぎゃああっ！」

スカルナイトは悲鳴と共に、容赦なく真っ二つにされ、動かなくなった。

「片付いたな」

「いや……まだだ」

ヒュンケルは倒れているティカとエルダーのほうへ身体を向ける。

「ヒュンケル……」

クロコダインが彼の肩に手を伸ばす。

しかしそれをかわして、ヒュンケルはゆっくりと進みだした。

クロコダインの中に、期待がなかったとはいえない。

エルダーも、ティカも、先ほどのスカルナイトの攻撃で、気を失ってしまっているのではないか。

その後でヒュンケルとの間に交わされた会話も、耳に入っていないのではないか。

しかし、ティカがよろよろと起き上がった。

「すべて、聞いていたな？」

「うん……」

ティカの頬《ほお》が、ほんの少し緩む。

「まさかあんたがヒュンケルだなんてね。なにかの冗談じゃないの？」

「偽《いつわ》りはない。オレは魔王軍の元不死騎団長・ヒュンケルだ」

「……」

ティカは声のしたほうにナイフを向けた。

「……殺す」

「ティカ！　よせ！」

クロコダインが必死に叫ぶ。

「この男はもう悪ではない！　正義の心に目覚めたのだ！」

「構わない」

ヒュンケルは片手で自分の胸を叩いた。

「ここだ」

何度も、力強く。

「ここが心臓だ。ひと思いにやってくれ」

「殺す」

ナイフを構えたティカが、一歩近づいた。

「殺す……殺す……」

さらに歩みを進めていく。

包帯が巻かれた両目から、涙の筋が流れ落ちる。

「おまえのせいで……父さんも、母さんも……！」

「そうだ。オレは恨まれて当然のことをした」

ヒュンケルは微動だにしなかった。

いかに悪に染まっていたとはいえ、無抵抗な者に刃を向けた覚えはない。

しかし、それはヒュンケルの主観でしかない。不死騎団の団長だったことは、紛れもない事実である。

「復讐を果たしてなんになると言ったが……」

「……殺す」

「君の心が晴れるのであれば、それでいい。気の済むようにしてくれ」

ティカは、その間近にまで迫っていた。

「よせ！」

「殺すッ！」

ティカは両手で思い切りナイフを振り上げ——そして地面に突き刺した。

「うぅ……」

ナイフから手を放し、そのまま泣き崩れるティカ。

ヒュンケルはそれをじっと見下ろしていた。

「ちくしょう……」

ティカの搾《しぼ》りだすような声が、洞窟に響き渡る。

「ちくしょう……ちくしょう……ちくしょうッ！」


——それから、どれくらいの時が経ったのか。

泣き崩れたままのティカに、ヒュンケルはゆっくりと背を向けた。

「大魔王が倒れた後……もし生きていたら、また来る」

静かに歩きだすヒュンケル。

クロコダインが後に続いた。

「愚直な男だ」

クロコダインの言葉に、応える者はいない。

ヒュンケルは前を向き、ただひたすらに歩みを進めるのみだった。

第5章　レオナの休日

【サミット開催前のとある一日】

「姫様、お疲れですね？」

ここはベンガーナ城に設けられたパプニカ首脳陣のために用意された客間。三賢者のアポロがひざまずいた姿勢のまま、神妙な面持《おもも》ちでレオナを見上げている。

「やーねー。なんの話？」

内心ドキッとしつつ、はぐらかそうと視線をあさっての方向へ向けるレオナ。

しかし、こちらを見つめる三賢者の顔は、どれも真剣だ。

「目の下の隈《くま》が、昨日より濃い……」

レオナの顔をじっと見つめながら、アポロが言う。

「お肌の色艶《いろつや》も、いつもより良くないみたいです」

アポロの隣に顔を寄せたマリンが、心配そうに片手を自《みず》らの頬《ほお》に添える。

「それに、先ほどから二分に一回の割合であくびを嚙《か》み殺しておられます」

マリンの妹のエイミが、二人の間から顔を出し、まじまじと見つめてくる。

「……気のせいなんじゃない？」

「「「姫様！」」」

ずずいと迫る三賢者の迫力に、レオナは思わず後ろにのけぞった。

「わかった！　わかったから！　少し離れてよ」

実は身に覚えがないわけでもなかった。

レオナはこれまで、魔王軍に対抗するために各国首脳を集めたサミットを行おうと計画し、その実現に向けて文字通り奔走してきた。

ある日は気球で、またある日は船で、またまたある日は馬車で様々な国や地域に赴いた。

寝床が気球や船の中だったことも一度や二度ではない。

昔は城に閉じこもっているのが嫌でよく抜け出しては側近たちに叱《しか》られていたものだが、外に出てばかりというのも、それはそれでつらいものがある。

しかし、レオナは強い決意を抱《いだ》いていた。

魔王軍の侵攻を食い止めるには、一刻も早く各国が結束を固める必要がある。それに今このときも、ダイたちが厳しい戦いに身を投じているのだ。弱音を吐いている場合ではない。

「姫様が強い使命感を持って公務に励んでおられるのはわかります」

そんなレオナの考えを見透かしたかのように、アポロが言う。

「その気持ちは素晴らしいとも思います。しかし、無理をして倒れでもしてしまったら、それこそ魔王軍の思うツボではありませんか」

傍《そば》にいるマリンとエイミも大きく頷《うなず》いた。

「たまには息抜きも必要です、姫様」

「一日くらい、ゆっくり休むべきです」

「そうねえ……」

レオナは唇《くちびる》に指を当てて考える。

三賢者の言うことにも一理ある気もしていた。自らの身体《からだ》の中に、回復系呪文では癒せない類《たぐい》の疲れが溜《た》まっている自覚はある。魔法力の不足によるものとも違う。もっと、波打ち際に立って大声で叫びたくなるような、そこらへんにあるものを手当たり次第にぶん投げたくなるような……要するに、心が疲れているのである。

それに、現在はベンガーナ王が不在のため、この客間に足止めを食らっている状態だ。

幸いにして、時間はある。

「わかったわ。あなたたちの言う通りにしましょう。今日は一日、公務のことは考えずに過ごします」

「ありがとうございます！」

「で……」

意味ありげに微笑《ほほえ》んで、三賢者の顔を順番に見つめる。

「そうなると、ぱあーっとベンガーナの街に繰り出したいなーって思ってるんだけど、もちろん許可してくれるのよね！」

「構いませんが、よろしいのですか？」

「……どういうこと？」

「姫が正式に休暇を取るとなれば当然、我がパプニカの兵や、我ら三賢者も護衛として同行することになります」

「あ……」

言われてみれば、それはあり得ない。

そんなものは窮屈《きゅうくつ》すぎて休暇とは呼べない。単なる公務の延長である。

「じゃあどうしろっていうのよ。こんなよそのお城の客室に閉じ込められながら羽根を伸ばせって？」

レオナの問いかけに、三人は顔を見合わせ、真面目《まじめ》に頷いた。

「なっ、なに？」

戸惑《とまど》うレオナ。アポロはこほんと咳払《せきばら》いを一つして、

「こんなこともあろうかと、策を考えてあります」

アポロの言葉を合図にしたかのように、三賢者は一斉にレオナに背を向けた。

「今から私たちは、急に用事を思い出します」

「入り口の前には警護の兵を置きますが、窓は開けておきます」

「後は……おわかりになりますよね？」

三賢者は、一人また一人と部屋を出ていった。

「なるほど……こういうことね！」

レオナは苦笑しつつ、窓枠に手をかけた。

＊　＊　＊

それからしばらく後。レオナは私服に着替えてベンガーナの城下町を歩いていた。

「ありがとね、アポロ、マリン、エイミ。あなたたちのくれたこの一日、有効に使わせてもらうわ」

三賢者への感謝を胸にしまいつつ、レオナはあたりを見回す。

街は相変わらずの賑《にぎ》わいをみせていた。

武器屋、防具屋、道具屋はもちろん、色とりどりの食べ物を売る店がいたるところに建ち並び、人々が思い思いに品定めをしている。

道のはずれには派手な身なりをした芸人たちが、手品や大道芸を披露して注目と小銭を集めている。

少し前、竜騎将バラン率いる超竜《ちょうりゅう》軍団に襲われ、無惨に破壊された建物にも、職人たちが集まり、再建が始まっていた。さすが随一の経済力を誇る国である。魔王軍の脅威《きょうい》にさらされてもすぐさま立ち上がるその姿には、頼もしさを感じざるを得ない。そして、これだけの人がいれば、目立つレオナの姿も充分、人混みに紛《まぎ》れるだろう。

「いえ……油断は禁物だわ」

大勢の人がいるということは、正体を知る者がいる可能性を高めることでもある。

他国の姫君の顔を知る者は少ないだろうが、なにかトラブルに巻き込まれでもしたら国際問題になりかねないし、三賢者にも迷惑がかかる。あくまでお忍びで、普通の女の子になって休暇を楽しまなければ。

「とはいえ……考えちゃうわね。休暇と言ってもたったの一日。やれることは多くは……」

レオナははたと口をつぐんだ。

ここベンガーナで、最もストレスを解消できそうなことといえば……

「買い物よーっ!!」


レオナは大通りをまっすぐに突き進んだ。

やがて、街並みの向こうにレンガ造りの巨大な建物が見えてくる。

ベンガーナ百貨店である。

「前にダイ君たちと来たときは、魔王軍に邪魔されてロクに買い物できなかったものね!」

実はあのときから、広大な売り場に並ぶあれやこれやの品物に目をつけていたのだった。

今こそ、それらを一息に買い漁《あさ》る絶好のチャンスである。

あっという間に店の前までやってきたレオナは、その勢いで入り口の扉に手をかけ、

「買って買って買いまくるわよ――――っ!!」

叫びと共に、思い切り引いた。

「……あれ？　……あれっ？」

どうしたことだろうか。レオナが何度引いても、扉が開かない。まるで鍵でもかかって

いるかのようである。

「なんで開かないのよ！　このっ……！　このっ……！」

「あのう、お客様……」

店員と思《おぼ》しき制服に身を包んだ若い女性が、すまなそうな笑顔を浮かべながらレオナに近づいてきた。

「今日は定休日でございます」

「えっ!?」

愕然《がくぜん》とするレオナ。

よくよく見れば扉の真ん中の張り紙に、「本日定休日」と書かれていた。

「はぁ～。恥ずかしい……」

レオナは、百貨店のあった大通りをとぼとぼと歩く。

思う存分買い物できる喜びばかりが先に立って、あんなに大きな注意書きを見逃《みのが》してしまうなんて。どれだけ買い物に心を奪われていたのか。穴があったら入りたいとはこのことである。

しかし、そんなことでいちいち落ち込んでいる時間はない。休暇はたった一日なのだ。

「百貨店がダメだって、お店は他にいくらでもあるものね」

レオナは気持ちを切り替え、背筋《せすじ》を伸ばした。

大通りから分かれている路地に入ってみる。

小さな佇《たたず》まいの建物がひしめき合っており、お香やアクセサリーなど感じの良い小物を扱う店が入っている。主に若い女性の客がそれを物色していた。

「これ、これ。一人のときじゃなきゃ、こういう感じのお店にはなかなか来られないものね」

レオナは最初に目についたお店に入った。

「ああっ、このアクセサリかわいい！」

良いと感じた品物を手当たり次第に購入し、隣の店に入る。

「こっちの服もおしゃれね！」

勢いに乗って、路地に並んでいる店に片っ端から入り、衝動のままに買いまくった。

どの店の店員も、突然現れた上客の出現に大喜びである。レオナはそんな店員たちと笑顔で会話し、気前よく代金を支払い、さっそうと次の店へ向かった。

——後にベンガーナの商店街に幸福をもたらした女神として、銅像が作られるほどの伝説になるのだが、それはまた別の話である。

「ふう……今日はこれくらいにしとこうかしら」

路地に並んでいたすべての店を見て回り、レオナは額《ひたい》の汗を拭《ぬぐ》った。

文字通り山になった戦利品はすべて、パプニカの城へ届ける手配をした。今は再び身軽な姿になっている。

今度は別の路地に入って買い物を……とも思ったが、そればかりでも芸がないと思い直した。

「せっかくだし、今までやったことがないことをやってみたいわね」

これだけ大きな街である。買い物以外の楽しみだってあるはずだ。

「まだまだ休暇を満喫するわよー！」

次はなにをしようかと、街並みを見回しているときだった。

「そんなこと言わないでさぁ、頼むよぉ」

「しつこいぞ。ボクは出ないと言ったら出ない！」

細い道沿いの空き地に、テント張りの小屋が建っていた。

その裏手で、帽子をかぶった小太りの男と細身で長身の男が言い争いをしている。

「あんた、何年この商売をやってるんだ。ヒロインがいないんじゃ話が成立しないだろう」

「今、代役を探しているところだよぉ。知り合いの劇団のいくつかに連絡してるから」

「どこの馬の骨かわからない奴《やつ》を代役に立てたところで、ろくな芝居になるか！　それに、今から代わりを見つけたって、今日の本番に間に合うわけがない！」

「ヒロインなしで開演するよりマシだろぉ」

「当たり前だ！　だから、さっきから何度も言ってるんだ！　公演を中止しろと！」

長身の男が肩を怒らせてテントの中に戻ろうとするのを、小太りの男が慌《あわ》てた様子で止める。

「でもさぁラルタン、そんなことをしたら、私たちは破産なんだって」

「結構だね。中途半端な芝居を見せるくらいなら、その辺の道端で薬草のたたき売りでもやっていたほうがよっぽど上等さ！」

ラルタンと呼ばれた細身の男は小太りの男を指差し、

「いいか？　あいつが復帰するか、引けを取らないレベルの女優が見つからない限り、ボクは絶対に舞台には立たない。そのつもりでいるんだな！」

そう言い捨てると、肩を怒らせてテントの中に戻っていった。

後に残された小太りの男が、深いため息をつく。そして両手で頭を抱えると、

「ああああああ、もうだめだー！」

悲鳴のような叫び声をあげながら、地面にでんぐり返った。

「あいつの眼鏡《めがね》にかなう女優なんて、見つかるわけないだろぉぉぉ――――っ!!　破産だよ、破産んんん――――っ!!」

大の大人《おとな》が泣きながらでんぐり返る姿は滑稽《こっけい》極まりなかったが、破産とはいささか物騒である。

レオナはその場にしゃがみ込み、転げ回る小太りの男の肩を、ちょいちょいと突いた。

「もしかして、なにかお困り？」

「おおおおおおおーっ!!」

小太りの男は顔を上げてレオナを見据《みす》える。

涙に濡《ぬ》れていたその顔が、ぱっと輝いた。

「なんてことだ！　その美貌《びぼう》！　漂う気品！　あなたはもしや、天の助けでは？」

「通りすがりの女の子よ」

抱きついてこようとする小太りの男の両腕を、レオナはさっとかわした。

＊　＊　＊

「はじめまして。オレナといいます。短い間ですが、皆さんと一緒に良い舞台を作り上げたいと思っています。どうぞよろしく」

テントの中に入ったレオナは、周りに集まっている人々に向かって、うやうやしくお辞儀をした。

オレナというのは、この休暇中に使うことにした仮の名前である。さすがに本名を名乗るのはまずいと思い、即興で考えたのだ。

「あたしが参加したからには、もう大丈夫。最高の舞台にしていきましょう！」

堂々と言い放つレオナ。

周りの人々は、年齢も性別もバラバラ。だが一様に、自信たっぷりなレオナをきょとんとした表情で見つめている。

彼らは皆、レオナをテントの中に招いた小太りの男——モルホンが団長を務める旅の劇団『モルホン一座』の劇団員たちだった。

モルホン一座はこの大都会、ベンガーナで一大興行を行うつもりだったものの、ヒロインを務めるはずの女優が不慮《ふりょ》の怪我《けが》で離脱を余儀なくされ、二人の主役のうちの一人に大穴が空いてしまった。

しかしこのまま興行を中止にしてしまえば一座の存続が危うくなると、無理やりにでも興行を続けようとするモルホンに対し、もう一人の主演を務める予定のラルタンが反対し、先ほどのテント前で行われた騒動に繫《つな》がるのである。

ラルタンは舞台に懸ける志《こころざし》の高い男。それが首を縦に振るレベルの女優など、簡単に見つかるとは思えない。まして、初見の芝居の本読み、リハーサル、本番のすべてを一日でこなさなければならない無茶苦茶なスケジュールなのだ。それを難なくこなせるレベルとなると、同業者の中でも何人いるか……。そんな窮状《きゅうじょう》を話すモルホンに、レオナは一言、「あたしに任せなさい！」と胸を叩《たた》き、代役をやる話がまとまったのだった。

「あのう……オレナさん、でしたっけ？」

劇団員の一人が、おずおずと手を上げた。

「失礼ですけど、演技の経験は……？」

「ないわ！」

レオナはぴしゃりと即答した。

「でも、安心して。今回の役は、まさにあたしのためにあるの。完璧《かんぺき》にこなしてみせるから！」

言い切るレオナ。

そのよどみのなさに、劇団員たちから決して小さくない感嘆の声があがった。

「素人《しろうと》なのに、あの自信……」

「不思議とハッタリには見えないわ」

「もしかしたら、すごい人なのかも……」

そんなざわめきを鎮《しず》めるように、モルホンが両手をパンパンと叩く。

「さあ、みんな！　開演まで時間がない！　オレナさんを入れて、通しで本読みをしてみよう！」

「そうだ……まずは本読みだ」

「測らせてもらいますよ。あなたの実力……」

レオナを一瞥《いちべつ》しながら、動きだす団員たち。

しかしその中に、まったく動こうとしない青年がいた。

「ボクは認めないぞ、この素人が」

ラルタンはその場でレオナを指差し、きつく睨《にら》み据える。

「おまえのような観客ふぜいがこのボクと肩を並べて舞台に立つなど、あり得ない」

その道のプロから発せられる鋭い視線の力は、並の素人を萎縮させるには充分だった。

だが、レオナは平然と、

「どうでも良いけどさあ。あなた、なんでそんなに偉そうなの？」

「ぬぐっ!?」

思いがけない反撃に、ラルタンは思わずのけぞった。

「舞台は一人で作ってるんじゃないんだから、主演俳優だからって調子に乗ってると、いざとなったときに足をすくわれるわよ？」

「きっ、聞いたふうなこと言うな！　素人の分際で」

「そうだそうだ！」

ラルタンの背後から、三人の若い男女がぬっと現れた。

「なあに、あなたたち。このひとのファン？」

「このひとじゃない。ラルタン様だ！」

「今をときめく大スターだぞ。まさかおまえ、知らないのか？」

「知らないけど？」

レオナの答えに、三人の男女――ラルタンの取り巻きの一人がふっと馬鹿にしたように微笑む。

「さてはおまえ、ベンガーナの人間じゃないな？」

「これだから田舎者《いなか》は……」

取り巻きたちはやれやれと両手を掲げてみせる。

パプニカだってそれなりの街なんですからねと言いそうになるのを、レオナはぐっとこらえた。

「このラルタン様は、どんな劇場も一人で満員にするといわれている、実力と人気を兼ね備えた当代随一の名優！」

「貴様のような田舎娘が相手役になるなど、一〇〇年……いや二〇〇年早いんだよ！」

取り巻きたちが身振り手振りを交えて称えてくるのを、満足そうに頷きながら見守っていたラルタンは、ビシッとレオナを指差し、

「ということだ！　そんなこのボクの相手を、おまえのようなド素人が務めようというのが間違いなんだよ。悪いことは言わない。今からでも辞退すれば、余計な恥をかかずに済むぞ！」

決まったとでも言いたげに目を閉じるラルタン。しかしレオナには決まっていなかった。

「やってみなければわからないでしょ？」

「なに……!?」

ラルタンに負けじと、レオナは挑発的な視線を返す。

「務まるか務まらないかは、実力で判断してもらえるかしら？」

一瞬たじろぐラルタン。しかし、すぐに余裕の微笑みを浮かべ、

「フン……いいだろう。見せてもらおうじゃないか。この本読みで少しでもトチったら叩き出してやるからな！」

そう言い捨て、ラルタンと取り巻きたちは、不敵な笑《え》みを残して去っていった。

「少しでもトチったら叩き出す、ですって？」

芝居に挑戦するのも初めてならば、あらかじめ決められたセリフを言うというのも初めての経験である。不利は百も承知だった。しかし、だからこそ……。

「……燃えるわ！」

レオナの心は、躍《おど》りに躍っていた。

＊　＊　＊

テントの裏手で、本読みが始まろうとしていた。

台本を片手に持った役者たちが輪になり、進行通りの順番でセリフを繋げていく。

その輪の中にレオナも混ざり、自分の順番が来るのを待ち構えている。それはすなわち、ヒロイン初登場の瞬間だ。

これまでに台本を読み込んでいる役者たちは、動きをつけていないとはいえ、本番さながらの掛け合いを行っている。

果たして、この中にレオナが入っていけるのか。

輪の外からやきもきした様子で見守るモルホン。

かたやラルタンと取り巻きたちは、自らの演技を続けながら視線を送り合っていた。

(素人め。初登場のシーンで盛大に滑れば、みんなもわかってくれるに違いない)

(短いセリフだから切り抜けられると思っているんだろうが、甘いぞ)

(短いからこそ、難しいシーンなのだ……!)

(さあ……滑るがいい、小娘。滑って滑って滑りまくり、おまえには任せられない空気にするのだ……!)

ラルタンたちがそれぞれの思いを胸に劇を進行していく。

そしてついに、レオナの出番がやって来た。

レオナの出演に賛成した者も、反対した者も、みんなの視線がレオナに集まっている。

自信満々の態度を取った素人の少女が、第一声で一体どんな演技を披露するのか。

そんな視線をビリビリと感じつつ、レオナはゆったりと微笑みを浮かべた。

沈黙がその場を支配する。

すぐにセリフを口にしないレオナ。

しかし、誰も口を挟もうとはしない。

その微笑みから溢《あふ》れ出る、得も言われぬ風格が、その場の空気を壊すことを妨《さまた》げさせているのだ。

やがて、満を持したというように、レオナはゆっくりと口を開いた。


「ごきげんよう」


「……ッ!?」

俳優たちが、一斉に息を呑《の》む気配がした。

なかでも驚愕《きょうがく》したのはラルタンである。

（決まったわ……！）

レオナは心で密かにガッツポーズした。

本読み前に見せた確固たる自信――それは、決して根拠のないものではなかった。

今回の芝居の題名は、『おてんば姫の休暇』。元気なお姫様が城を抜け出し、お忍びで街を見て回るうちに、同じようにお忍びで街に来ていた隣国の王子と恋に落ちるというロマンチック・コメディ。

偶然か、宿命か。このおてんば姫の役は、本物のおてんば姫であるレオナにとって、まさにこれ以上ないほどのはまり役なのだった。

（なんだ……!?　この女の立ち居振る舞いは……!?　ふとした表情の作り込みは……!?　まるで……まるで、本物の……）

衝撃を受けっぱなしのラルタンをよそに、レオナはその後もよどみなく本読みを進めていく。

街に溶け込んでいるときは、明るく、元気な女の子のように。

姫らしいシーンのときにはたおやかに、ときに凛々《りり》しくセリフを発していく。

（まさか！　あり得ない！　あれは素人の小娘だぞ!?）

演技を続けながらも、驚愕を隠せないラルタン。

あり得るのである。本物の姫なのだから。

（このボクの目がおかしくなったとでもいうのか……!?）

正常なのである。本物の姫なのだから。

（驚くことはありません、ラルタン様。ちょっとセリフがうまく言えただけです！）

（確かに少しは気品を感じなくもないが、所詮《しょせん》は素人！）

（セリフを言うだけなら、九官鳥にだってできますよ！）

うろたえるラルタンの様子に気づいたのか、取り巻きたちが次々と擁護の視線を送ってくる。

（あ、ああ。そうだったな！）

ラルタンはなんとか普段の調子を取り戻した。

（セリフはなんとかごまかせたようだが、次は本番さながらの通《とお》し稽古《げいこ》だ。せいぜい馬脚《ばきゃく》を現すがいい！）

＊　＊　＊

（なにぃ……！？）

通し稽古で、ラルタンは再び驚愕していた。

「静と動の二面性を持つ王女の姿。セリフは表現できても、動きはどうかな？」

「外の世界への渇望と、自らに課された使命を果たそうとする心との葛藤《かっとう》。演技経験のないあの女に表現し切れまい」

稽古前はそんなふうに予想し合っていたラルタンたちの期待は、清々しいほど見事に裏切られたのだ。

舞台に立ち、セリフと共に演技をしてみせるレオナ。

その姿に、その場にいた役者たちが自分の演技を忘れて息を呑む。

「姫だ……本物の姫だ……」

「まさか……こんなことが……」

（ほんと。まさか、こんなにできちゃうなんて！　自分でもちょっと驚きね）

演技をしながら、レオナは味わっていた。

自分の演技が、舞台上で繰り出す一挙手一投足が、すべてこの役の言動にバッチリはまっていく感覚を。

確かに舞台で演技することは、レオナにとって初めての経験ではある。

しかし考えてみれば、演技そのものは日常的に行っているのだ。

城を抜け出すべく、側近たちを油断させようとしているとき。

絶望的な状況と知りつつ、なおも勇気を示さなければならないとき。

各国の首脳相手に、ハッタリをかますこともある。

それらすべてを、姫として過ごしてきたこれまでの経験すべてを合わせれば、この役をやり切ることができる。

「このお芝居、必ず成功させてみせる……！」

レオナは自信が確信に変わるのを自覚していた。

＊　＊　＊

「これは……！」

舞台袖《そで》で観ていたモルホンは、胸の高鳴りを抑《おさ》えられない。

助けを求めただけなのに、とんでもない逸材《いつざい》と出会ってしまった。

どこからどう見ても姫君としか思えない演技。そしてあの美貌が、なによりも説得力を強化している。

これほどの素質を持った役者を見たのは久しぶりだ。

よくよく思い出せば前にどこかで見かけた気もするが、気のせいに違いない。

ぜひ我が劇団に入ってもらいたい。ラルタン以上に客を呼べる役者になるはずだ。

（公演が終わった後、どうやって引き留めようかねぇ……）

湧き上がる思いで舞台袖の幕を千切《ちぎ》らんばかりに握りしめつつ、モルホンは、そのことばかりを考えていた。

＊＊＊

「これは一大事ではないのですか？」

ベンガーナの大臣が、パプニカ三賢者に眉根《まゆね》を寄せて詰め寄っている。

人の噂《うわさ》はときに、恐ろしいスピードで広まることがある。

万全を期したつもりでいたが、レオナ姫の姿が見えないという話がベンガーナ側に伝わってしまい、大臣がアポロたちに問い合わせに来たのだ。

「いえ……大きな問題ではありません」

落ち着き払ったアポロの様子に、大臣が訝《いぶか》しげな視線を向ける。

「では、なんですかな？　パプニカでは、姫がよその国で行方《ゆくえ》をくらますのが日常茶飯事であると？」

「そうは言っておりませんが……」

「すぐに捜索隊を組織しましょう！」

ベンガーナ戦車隊長のアキームが、直立不動で敬礼をする。

「自分にお任せください！　誇り高きベンガーナ戦車隊の名に懸けて、必ずや見つけ出してご覧にいれます！」

「そ、そんな！　大げさです！」

部屋から飛び出そうとするアキームを、マリンがはっしと止めた。

「姫は公務の間にほんの少し息抜きをしに行っただけなのです。本日中には戻ってくるはずですので……」

「今頃はきっと、ベンガーナの街でショッピングでもしているはずですわ。なんと言っても世界一の大都市ですもの」

マリンの言葉を受けたエイミの発言に、大臣は一転して喜色を満面にし、

「むむ！　そうですか、そうですか。ならば仕方ないですな。わっはっはっ！」

国王と同様、大臣も自らの国を愛しているようだ。そのお陰《かげ》でなんとか誤魔化《ごまか》すことができた。

三賢者はそれぞれに額の汗を拭った。

（姫。ここは私たちに任せて、思い切り休暇を満喫していただきますよう……）

心の中でつぶやくアポロ。

そこに、扉が激しくノックされ、従者が入ってきた。

「報告いたします！　国王陛下がたった今戻られました！」

一方、そんなのベンガーナ城内の様子を、窓の外から監視している一つの邪悪な気配があった。


「レオナ姫が行方不明……」

気配の主――メドーサボールは空中をふよふよと飛び、

「レオナ姫が行方不明……レオナ姫が行方不明……」

同じ文句をつぶやきながら、街のはずれにある廃屋へ入る。

中には、他の魔物たちが待ち構えていた。

まほうつかい、ドルイド、きとうし――いずれも、ベンガーナに侵攻していた妖魔士団《ようましだん》の魔物たちである。

メドーサボールは、城で聞いてきたことを彼らに報告した。

「レオナ姫が行方不明だと？」

「しかもこのベンガーナのどこかに潜伏している？」

「いい情報を手に入れてくれた。これはまたとない機会だ」

この一団のリーダーらしい魔物――あくましんかんが、他の魔物たちを見回す。

「人間に化けて街に潜伏し、レオナ姫を探し出して殺すのだ」

魔物たちは静かに頷き合った。

＊　＊　＊

劇場では、公演の準備が粛々《しゆくしゆく》と進められていた。

「オレナさんって、普段はなにをしている人なんですか？」

「お姫様よ」

「またまたー、冗談ばっかり」

本番の衣装に着替えながら、レオナは劇団員の女性二人と話に花を咲かせている。こういう普通の会話も、なかなか交わす機会が少ない。レオナとしては、たっぷり味わっておきたかった。

「あなたたちは？　ずっと役者をやってるの？」

二人の女性は頷いた。

「はい。十三歳から」

「わたしは十四歳のときからです」

「いろんな国を回ってきたんですよ。ロモス、リンガイア、カール、それからパプニカにも」

「へえ、パプニカにも来てたんだ」

「そうなんです。ああ、パプニカのお姫様に会いたかった〜！」

「わたしも〜！」

瞳をキラキラさせて両手を合わせる女性たち。平静を装おうと、レオナは軽く咳払いをする。

「へ、へえ〜、お姫様ねえ」

「ずっと憧れているんです。すっごくきれいで、凛々しくて、カリスマ性もあるとか」

「パプニカを守るために、自ら率先して魔王軍と戦ったんですって！　かっこいい！」

「あと、すっごくかわいらしくもあるらしいわよ？」

自分で付け加えるレオナに、女性二人は大いに頷いて、

「そうなんです、そうなんです！　どうしても一目お会いしたくて……」

「なんなら私たちのお芝居も観てほしいって思ってたんですけど……」

「けど？」

「魔王軍に襲われちゃって、公演が一日で中止になっちゃったんですよー」

「あらー、そうなの。残念だったわね」

「でも、大丈夫です。勇者様のお陰で、パプニカは解放されたし、お姫様も無事みたいなんで！」

「今度こそお芝居を観てもらうんです！」

「そうなんだ。願いが叶うといいわね」

（観てるどころか今一緒に着替えてると知ったら、どんな顔するかしらね……）

女性たちに笑顔を向けながら、レオナは内心で苦笑した。

「ねえねえ、今、パプニカのお姫様の話をしてた？」

レオナたちの会話を聞いていたらしい別の女性が、三人の間に文字通り首を突っ込んでくる。

「私も噂で聞いただけなんだけどね。今、このベンガーナに滞在しているらしいわよ？」

「えっ、そうなんですか？」

「ええ。しかもお忍びで街に来てるかもって噂」

「すごいじゃないですか！」

「今日のお芝居、観に来てくれるかな？」

はしゃぐ女性たちを後目《しりめ》に、レオナはそっと唇を噛む。

根も葉もあるどころか、実も花も太い幹もある噂だった。

（城を抜け出したのがバレるのも、時間の問題かもね……）


一方、ラルタンはそんな女性陣のかしましい声を耳に入れながら、悔しげに奥歯をギリギリと鳴らしている。

「オレナの奴、すっかりウチらの仲間気取りですね」

「この短時間で溶け込むとは、恐るべき適応力」

「なんだか、めっちゃ目立ってません？」

「…………」

取り巻きたちの言葉に、ラルタンは応《こた》えなかった。

少年の頃から芝居一筋に打ち込んできた彼の目から見ても、レオナの唯一無二の輝きは認めざるを得なかったからだ。

オレナは、類《たぐい》まれな才能を秘めた女性だ。

だが、だからこそ許せない。

元々、ラルタンの相手役を務める予定だった女優は、彼と同じ村の出身である。二人はたまたま村にやってきたモルホン一座の公演の虜《とりこ》となり、家を飛び出して劇団の一員になったのだ。

それから、想像を絶する苦労を二人で重ね、今の地位を手に入れた。ときにライバルとして切磋《せっさ》琢磨《たくま》し、ときに同郷の仲間として助け合いながら、少しずつ俳優としての実力をつけていった。

「なのに、あの女は……」

オレナは、二人が長い時間をかけて積み重ねてきた努力の山を一足飛びで軽々と越えようとしている。怪我をしたのは主演女優のミスで、プロとしてあり得ないと考えてはいるが、それ以上に許せなかった。認めるわけにはいかない。あの女が舞台に上がるのを。主演女優を差し置いて光り輝くのを。

「見ていろ、オレナめ」

ラルタンは強く拳《こぶし》を握りしめる。

「この公演で地獄を見せてやる。舞台がおまえの墓場だ」

その両の瞳に妖《あや》しい光が宿った。

＊　＊　＊

陽《ひ》が落ち、あたりは夕焼けに包まれた。いよいよ開演の時間だ。

すでに開場は行われており、観客席には老若男女様々な人々が詰めかけている。今日はどんなお話を見ることができるのか。どんな美男・美女が舞台を彩《いろど》るのか。人々は期待に目を輝かせながら、席についていく。

レオナたち俳優陣は、舞台裏で円陣を組んでいた。

「さあ。行くわよ！　みんなで最高の舞台にしましょう！」

「おう！」

俳優たちの気合いの入ったかけ声が響く。

今やレオナは、すっかりこの劇団を引っ張る存在になっていた。

やがて幕が開き、俳優たちが一人また一人と舞台に躍り出る。

これまでの練習の成果を存分に発揮した演技で観客の視線を引き付け、劇場の温度を高めていく。

そこで、満を持してレオナの出番になった。

「ごきげんよう」

王宮で公務に励むシーンで、にこやかに微笑むレオナ。

これまで本物の姫として過ごしてきた時間のすべてを込めた渾身《こんしん》の演技に、観客の視線は釘付けになる。

「誰だ、あの女優……」

「きれい……」

「新人の演技じゃないぞ……」

「けど、どっかで見たことあるような……」

その演技に魅了された観客たちから思わずの感想が漏れる。

しばらくして、相手役のラルタンが登場する。

ラルタンの役柄は、レオナ演じる姫を見初《みそ》める隣の国の王子だ。

城下町で道に迷っていたレオナと出会ったことから、共に旅をすることになる流れだ。

レオナが道に迷って自分がどこにいるのかわからないと演技していると、舞台の反対側からラルタンが近づいてくる。

困っているレオナの肩を後ろから叩き、「なにかお困りですか？」とセリフを言う。振り返ったレオナが「道に迷ってしまって……」と返し、会話が続いていく。レオナはその流れを完璧に身につけていた。道に迷う演技を続けながら、肩を叩かれた感覚で振り返る。

「なにかお困りですか?」

「……!」

一瞬、レオナは言葉を失った。

セリフが出てこない。代わりに、心の中からこみ上げてくるものが、その口を歪《ゆが》ませる。

鼻毛が出ていた。

にこやかな笑みを浮かべているラルタンの右の鼻の穴から、黒々と艶やかな毛が一本、顔を出している。

(……決まったな!)

ラルタンは心の中で勝利を確信した。

大事な出会いのシーンで、整った顔立ちの主演俳優の鼻の穴から毛が一本飛び出ている姿を見て、吹き出さない相手役がいるだろうか? いや、いない。

そしてこの鼻毛は、顔を間近に見ているオレナにしか確認できない。観客からは単純ににこやかな笑みを浮かべているようにしか見えないだろう。実に巧妙な作戦だった。

「さすがラルタン様!」

舞台袖で様子を窺《うかが》っていた取り巻きAが、ぐっと両の拳を握る。

「見たか、小娘。これがプロのアドリブというものだ……！」

取り巻きBが、腕を組んで大きく頷く。

「確かに、えぐい作戦だけど……」

取り巻きCは訝しげな表情で首をかしげた。

「ラルタン様のやりたかったことって、あれでいいんだっけ？」


（いいんだよ、これで……！）

ラルタンは、心の中で叫んだ。

（誰にも止めることのできない爆笑地獄に落とし、奴の女優人生を粉々に打ち砕いてやる！）

怒りに我を忘れたラルタンは、もはやそれしか考えられないようになっていた。

レオナの口の歪みが大きくなる。鼻息がわずかばかり荒くなる。ここで吹き出してしまったら、レオナの完全なる敗北である。しかし我慢しようとすればするほど、笑いは口をついて飛び出そうとする。

そこで、レオナは瞬時に考えを切り替えた。こらえようとするからいけないのだ。むしろ一刻も早く外に出してしまわなければ……！

「……道に、迷ってしまって」

乗り切った。セリフを口に出すことによって、レオナはこみ上げてくる笑いを意識の外に追いやることに成功したのだ。


「まさか……!?」

「こらえただと……!?」

取り巻きAとBが抱き合って驚愕する。


しかしラルタンはさすがの主演俳優だった。

「ここは街はずれのスラムです。あなたのようなお嬢さんの来るところじゃない」

何事もなかったかのように演技プラン通りの微笑を浮かべる。

するとレオナはこれまた演技プラン通りの笑顔で、

「ああっ、こんなところにゴミが！」

「っ!?」

一瞬、苦悶《くもん》の表情を浮かべるラルタン。

その鼻から出ている毛を、レオナが思い切り抜き取ったのだ。

しかし、ラルタンは目の奥に少し涙をにじませながらも、

「ありがとうございます。優しい人だ」

「とんでもないですわ。あの、あなた様のお名前は……」

芝居は元の軌道に戻った。

（やるじゃないか、小娘……！）

（そっちもね……！）

瞳で会話を交わしつつ、演技を続けるレオナとラルタン。

二人の攻防戦は、それからも続いた。


ラルタンが台本にないボケをかましてくれれば、レオナはすかさず的確なツッコミを入れて観客を爆笑の渦に巻き込み、ラルタンが乗った馬を暴れ馬にして突進してくれば、レオナが持っていたハンカチを赤いマントに見立ててひらりとかわし、ラルタンがダンスシーンで激しいタップダンスを踊れば、レオナも負けじと合わせて完璧なアンサンブルを奏《かな》でた。

観客たちは少し困惑した様子を見せながらも、舞台で繰り広げられる予想外の展開の

数々を夢中で鑑賞している。

しかしその中に、まったく別の反応を示している者たちがいた。

「間違いない。レオナ姫だ……!」

あくましんかんの命令でレオナを捜索していた魔物たちである。

彼らは人間そっくりに化けた姿でテントの中に入り、観客に紛れ込んでいた。

無名の実力派新人女優が出演するとの情報をキャッチし、もしやと考えやってきたのだ。

「行くぞ」

魔物たちは頷き合い、客席をそろりそろりと抜け出して裏の楽屋へ向かう。このまま舞台へ躍り出て襲いかかることもできたが、これだけの衆人環視のなか任務を遂行するのはあまりに危険だった。客の中にどんな実力者がいるかわからない。返り討ちに遭《あ》うのはごめんだ。もっと頭を使わなければならない。

「余計な殺しはするなよ」

「わかっているとも」

魔物たちは楽屋に近づき、うろついていた劇団員を気絶させ、その衣装を自分が着ていたものと交換する。

「フフフ……準備完了だ」

「待っていろよ、レオナ姫……！」

＊　＊　＊

物語は、佳境に入ろうとしていた。

姫の行方を追う城の騎士たちが、ついにその姿を見つけて捕まえようと動きだす。それに気づいた王子が割って入り、騎士たちと乱闘になる流れだ。

「こんなに楽しい夜は初めてだわ」

「僕もだよ」

二人は肩を寄せながら、うっとりと見つめ合う。

良いムードになったところで、背後から騎士たちが忍び寄り、剣を抜いた。

「っ!?」

初めに気づいたのはレオナだった。

台本では、騎士たちは姫を捕まえようと忍び寄るだけで、剣は抜かないはずである。そして、騎士たちから溢れ出る、邪悪な気配。

レオナは立ち上がった。

「何者ですか、あなたたち！」

台本通りなら、先に気づくのはラルタンである。

レオナに仕掛けられたと思ったラルタンはすぐさま立ち上がり、なにかセリフを言おうとしたが、すぐ異変に気づいた。

騎士たちの剣から放たれる鈍《にぶ》い光は、どう見ても真剣のそれだったからだ。

「おまえたち……なにをやってるんだ？」

騎士たちは応えず、剣を構えながらじりじりとレオナに迫る。

「まっ、待て！」

「死ねえっ！」

ラルタンの叫びとほぼ同時に、騎士たちはレオナに飛びかかる。

「やめろぉっ！」

ラルタンが悲鳴にも似た叫び声をあげる。

レオナの頭上に剣が振り下ろされる。

しかし、レオナはすばやく攻撃をかわしていた。

「危ないわねえ。これもプロのアドリブってやつ？」

「違う！　ボクはそこまでやれと言ったつもりは……！」

「死ね！」

騎士たちが攻撃を続けてくる。

「うわっ！」

ラルタンは間一髪でかわしながら、

「ほら見ろ。ボクにも攻撃を仕掛けてくるじゃないか」

「あら、ホントね。ってことは……」

レオナは魔物に手のひらを向け、

「ギラッ！」

「ぐわあっ!?」

レオナの手のひらから放たれた熱線が騎士の一人に当たり、騎士はその場に崩折《くずお》れる。

兜《かぶと》ががちゃりと落ち、その内側から不気味な仮面があらわれた。

「きとうし……やっぱり、魔物みたいね」

「うおおっ、すげえ！」

「まるで本物の呪文みたいだ！」

観客たちから歓声があがる。

一連の流れを、劇の演出だと思っているようだった。

「おまえっ……いや姫、呪文が使えたのですか？」

そんな仕掛けがないことを知っているラルタンが、驚愕の表情でレオナを見つめる。

「乙女《おとめ》のたしなみってやつです」

「そんなたしなみを持つ乙女はいない！」

「おのれ！」

驚愕しているラルタンをよそに、残った騎士が指笛を吹く。観客席の中から数人の客が立ち上がり、舞台へ向かってきた。

「おおっ、待ってました！」

「姫様、やっちまえ！」

他の観客たちからひときわ大きな歓声があがる。

「ちょっと数が多いわね……」

呪文で攻撃することは可能だが、観客を巻き込むわけにはいかない。この舞台の上だけで対処しなければならないとなると、かなり不利である。

「一匹ずつ相手をしていくしかないわね。魔法力が保てばいいけど……」

レオナが考えを巡らせているときだった。

「オレナ！」

大声に振り返ると、そこにあくましんかんのメイスが振りかぶられるのが目に入った。

「やばっ……！」

「うおおおおっ！」

ラルタンが倒れた騎士の持っていた剣を手に、あくましんかんに突進。一刀のもとに斬り伏せる。

「あなた、戦えるの？」

「ボクは実戦の泥臭い剣など美しくないと思っている」

ラルタンは剣を構え、もう一匹の魔物に斬りかかりながら叫んだ。

「だが、大事な舞台を台無しにされてたまるか！」

さっきまでレオナを台無しにしようとしていたとは思えないセリフと共に、魔物たちと大立ち回りを演じるラルタン。

その太刀筋《たちすじ》は華麗で、かつ舞台上の役者や大道具に当たらないよう配慮されている。抑制の利《き》いた剣だ。

「いいとこあるじゃない！」

「ボクの舞台の邪魔をする奴は許さない！」

二人は息の合った連携攻撃で魔物を一匹、また一匹と倒していき——気づけば、完全に駆逐《くちく》していた。

＊　＊　＊

公演は大盛況のうちに幕を閉じた。

特に、本物の呪文を使った大迫力の演出が好評で、観客たちは口々に感想を語り合いながら家路についた。

その頃、テントの裏では、無事公演を終えることができたお疲れ様会——ではなく、険悪な雰囲気に包まれていた。

「まさか、魔物まで使うなんて……見損《みそこ》ないましたよ、ラルタンさん」

「いくらオレナさんが憎いからって、あそこまでするなんて！」

「ちっ、違う！」

劇団員たちに囲まれるラルタン。必死に否定するが、周囲の人々の視線は冷たい。

公演終了後、舞台に魔物たちが闖入《ちんにゅう》した件は劇団員みんなの知るところとなり、同時にラルタンの取り巻き三人衆の行方がわからないことが発覚。

三人は身ぐるみを剝《は》がされ、物置の奥で気絶させられているのが発見されたが、三人が三人とも、「やったのはラルタン様ではない」と証言したことから、逆に疑いの目が向けられたのだった。

「魔物を引き入れてオレナを殺そうとした？　ボクは主演俳優だぞ？　そんなことをするはずがない。第一、ボクだって、魔物を倒したじゃないか」

「どうだか」

「疑いをそらすために、あえて倒したんじゃないですか？」

「違うと言っているだろう！」

ラルタンの訴えに耳を貸そうとする者は少ない。

どうやら取り巻きの三人以外、劇団内でのラルタンの味方は、あまり多くないようだった。

「まあまあ、みんなぁ。こいつも悪気があってやったことじゃないんだから……」

「悪気しかないじゃないですか！」

「団長は黙っててください！」

「ひいっ！　はい……」

劇団員たちに睨まれ、モルホンはすぐ奥へ引っ込んだ。

「くそ！　どいつもこいつも……」

「ラルタン。あなた結構嫌われ者なんじゃない。ま、そりゃそうよね。こんなにエラソーに振る舞ってるんじゃ」

「うっ、うるさい！」

「これに懲《こ》りて、少しは周りのみんなにも気を使いなさいよ。前にも言ったでしょ？　お芝居は一人でやるものじゃないって」

「おまえ、この状況でどうして説教できるんだ？」

「そんなの決まってるじゃない」

レオナはみんなの前に一歩進み出た。

「みんな。彼は私を守ってくれました。犯人ではあり得ません」

まるで先ほどまでのお芝居の中のような凜々しい姿に、劇団員たちはハッとしたようにレオナへ注目する。

「でも、オレナさん。魔物たちはあなたに向かっていったんですよ」

「そうです。魔物たちは私に向かってきました」

「この人が命令した以外に、どんな理由があるっていうんですか」

「いいえ。彼らは最初からこの私を狙っていたのです」

きっぱりと言い切るレオナの姿に、劇団員たちは揃《そろ》って困惑の表情を浮かべた。

「オレナさんを狙って？」

「なんでそんなことを……」

「それはね……」

レオナが説明を始めようとした、そのときだった。

「姫様ーっ！」

テントの入り口が勢いよく開き、見慣れた顔が三つ、姿を現した。

三賢者たちが入ってきたのだ。

「やはり、こんなところに」

「噂は本当だった」

三賢者たちが揃ってレオナの前に集まる。

「あら、どうしたの？」

「事情が変わりました。すぐにお城へお戻りください」

「えー!?」

「ベンガーナ王が予定より早くご帰国されたのです。しかも、明日また出発されるとのこと。残された時間は今日しかありません」

「冗談じゃないわよ。これからみんなと、ぱぁーっと打ち上げするつもりだったのに！」

「姫様。打ち上げと、世界の平和と、どちらが大事とお考えですか？」

「うぅ……わかったわよ」

仕方ないというように肩をすくめるレオナ。しかし、すぐに明るく微笑んで、

「でもまあ、いっか。たっぷり楽しめたし」

「姫様？」

「世界の平和？」

突然現れた三賢者とレオナのやりとりに、劇団員たちは二の句が継げないようだった。

そんな彼らの前にアポロが立ち、大きく咳払いをしたあと、片手でレオナを指し示す。

「皆様……。このお方は、パプニカのレオナ姫様であらせられます」


「「「「は……!?」」」」


そこにいたすべての劇団員たちが同時に叫び声をあげた。

「パプニカの……レオナ姫？」

「あの勇猛果敢《ゆうもうかかん》で噂の……？」

「あと、かわいいのでも有名よね」

「姫様」

アポロにたしなめられ、レオナがぺろりと舌を出す。

「いやいや、冗談ですよね？」

「そういう役ですよね？」

「それが本物なのよ」

あまりにも信じてもらえないからか、レオナは少し慌てはじめた。

「だってほら、お芝居なんてやったことないのに、お姫様の役があんなにうまくできるわけないでしょ？」

「そっ、それは、確かに……」

「でも、だからって、なんでこんなところに？」

「本物だよ……」

追いやられたはずのモルホンが、小刻みに震えながら現れた。

「今さっきやっと思い出したんだ。前にパプニカでお目にかかったことがある……この御方は、紛れもなく、本物の、レオナ姫様だよ」

「そんな！」

大声をあげたのはラルタンだ。

「こいつ……いや、この方が、本物の……」

「だからそうだって言ってるじゃない」

腰に手を当ててため息をつくレオナに向けられる視線が、少しずつ落ち着いてきた。

どうやらやっと、信じてもらえたようだった。本物のお姫様だと。

「だっ、だとしたら、ウソでしょ……」

「私たち、とんでもない失礼を……」

着替えるときに談笑していた女性団員の二人が、涙目になって震えはじめる。

それは、ラルタンも例外ではなかった。

「ぼ、ボクは……なんてことを……」

「姫様！」

モルホンがその場に平伏し、地面に額を擦《こす》り付けた。

「どうか、このラルタンをお許しください！　傲慢不遜《ごうまんふそん》な男ではありますが、役者としての実力はピカイチなのです！　この男を失うのは我が劇団の……いいえ、演劇界全体の損失です！」

「頭を上げなさい、モルホン」

「しっ、しかし……」

「謝るのはこちらのほうよ」

レオナは、そこに集まっている劇団員ひとりひとりの顔を見ながら、口を開いた。

「皆さんに謝らなければいけないことが二つあります。一つは、身分を隠して皆さんと接していたこと。もう一つは、それが原因で皆さんや観客を危険な目に遭わせてしまったことです。仮にも一国を治める者として、軽率な行動だったと反省しています。本当にごめんなさい」

深々と頭を下げるレオナに、今度は劇団員たちが慌てはじめる。

「そっ、そんなそんな！」

「顔を上げてください、姫様！」

「ありがとう」

レオナはゆっくりと顔を上げ、そして微笑んだ。

「みんなとのお芝居は、とっても楽しかったわ」

視線をラルタンに向ける。気づいたラルタンは、そっと顔を背けた。

「ボクもだよ……姫様」

「いつの日か、必ず……魔物に襲われる心配のない日がやってきます。そのときは、また一緒に演《や》りましょう」

「ああ……」

にっこり微笑みを返すと、レオナは一同に背を向け、三賢者と共に劇場をあとにする。

行く手にそびえるベンガーナの城を目指して――

■初出
ドラゴンクエスト ダイの大冒険 それぞれの道 書き下ろし

[ドラゴンクエスト ダイの大冒険] それぞれの道

2022年12月7日 第1刷発行
2022年12月27日 第2刷発行

著 者／三条 陸 ◉ 稲田浩司 ◉ 山本カズヨシ

装 丁／松本由貴〔バナナグローブスタジオ〕

編集協力／長澤國雄／佐藤裕介〔STICK-OUT〕

編集人／千葉佳余

発行者／瓶子吉久

発行所／株式会社 集英社

〒101-8050 東京都千代田区一ツ橋2-5-10
TEL 03-3230-6297（編集部）03-3230-6080（読者係）
03-3230-6393（販売部・書店専用）

印刷所／凸版印刷株式会社

Printed in Japan ISBN978-4-08-703527-8 C0293

検印廃止

ドラゴンクエスト
DRAGON QUEST
©SQUARE ENIX
ダイの大冒険
新《しん》装《そう》彩《さい》録《ろく》版《ばん》
原作《げんさく》：三条《さんじょう》 陸《りく》 漫画《まんが》：稲田浩司《いなだこうじ》
監修《かんしゅう》：堀井雄二《ほりいゆうじ》
©SQUARE ENIX CO., LTD.
絶《ぜっ》賛《さん》発《はっ》売《ばい》中《ちゅう》!!

5つの魂《サイガ》を手《て》に
『暗《あん》黒《こく》の世《せい》紀《き》』を
終《お》わらせろ!!